KB043293

나는 매일 밤 바람과 함께 사라진다

나는 매일 밤 바람과 함께 사라진다

1판 1쇄 : 인쇄 2015년 02월 05일
1판 1쇄 : 발행 2015년 02월 10일

지은이 : 박덕은
펴낸이 : 서동영
펴낸곳 : 서영출판사

출판등록 : 2010년 11월 26일 제25100-2010-000011호)
주소 : 서울특별시 마포구 서교동 465-4, 광림빌딩 2층 201호
전화 : 02-338-7270 팩스 : 02-338-7161
이메일 : sdy5608@hanmail.net

그　림 : 박덕은
디자인 : 이원경

ISBN 978-89-97180-42-4 04810
ISBN 978-89-97180-00-4(set)

나는 매일 밤 바람과 함께 사라진다

2015 · 서영

작가의 말

인터넷 속에서 소통되는 나의 닉네임은 낭만대통령이다. 여기엔 낭만만은 항상 풍성하게 가슴에 지니고 살겠다는 의지가 담겨 있다.

낭만대통령 박덕은의 제23시집 [나는 매일 밤 바람과 함께 사라진다] 발간!

감회가 새롭다.

대학원 박사과정 시절, 최승범 지도 교수님의 권유로 시작된 시 쓰기가 이제는 호흡처럼 생활화되어 버렸다.

신기한 일이다.

지금은 한실 문예창작 9개 문학회(향그런 문학회, 탐스런 문학회, 멋스런 문학회, 싱그런 문학회, 둥그런 문학회, 부드런 문학회, 포시런 문학회, 성스런 문학회, 길스런 문학회)의 지도 교수요, 300여 명의 작가를 키운 문학 코치가 되어 행복해 하고 있으니 말이다.

아직도 할 일이 많다. 같이 문학 공부하는 제자들이 줄지어 서 있기 때문이다.

언제까지 시를 쓰며 살아갈지는 모르나, 살아 있는 동안 즐거이 이 길을 가리라.

여명 속에 영롱히 익어 가는 이슬방울과 함께, 차향에 젖어 향긋이 미소 짓는 시심과 함께, 아무때나 철부지처럼 칭얼대는 낭만과 함께 끄덕끄덕 가리라.

2015년 1월 눈보라가 휘날려도 마냥 행복하기만 한 날 아침에

– 낭만대통령 박덕은

祝詩

박덕은

이호근(시인)

자존감 온몸에 두르고
거칠 것 없는 낭만으로
외로움 달래며

뼛속까지 파고든 그리움
늘푸른 시심으로
펴 올리며

선량한 눈빛들
벨벳처럼 부드럽게
꼭 껴안으며

엇박자 몸짓은
내면에서 터져 나오는
순수의 메아리로 바로잡으며

거친 음률은
매끄러운 생기 불러
다듬어 주며

가을처럼 섬세한 감성으로
그림 그리듯 살아가는
영원한 자유인

두터운 영혼 훌훌 벗고
향긋한 노래 부르며
사랑의 성지 향해 걸어가고 있다.

祝詩

박덕은

김영순(시인)

햇살 껴안아 신비 마시며
시린 바람 의지로 맞서는
천길 절벽 위 소나무

아픔인들 어떠리
슬픔인들 어떠리
쓴맛 단맛 다 껴안아 버리는 철인

처절함도 암담함도
뜨거운 열정의 나래 펴
창공 드높이 날아오르는 독수리

뼈까지 녹아드는 속앓이
새까맣게 타들어 갈지라도
이상향 향해 뚜벅뚜벅 걸어가는 달관자

순간 순간 유머와 재치로
팡팡 웃음꽃 축제 여는
만능 해학인

가슴속에는 풋풋한 온정이
눈부신 황홀함으로 전율하며
내면을 휘감아 도는 사랑 박사

남다른 사색 가눌 길 없어
집필의 집념에 잠 못 이뤄
하얗게 밤 지새우는 지성인

고독과의 싸움에 지치면
그리움 화폭에 담고
시간 발자국 찍는 예술인

무욕의 땅에 발 딛고
미련도 후회도 묻어 두고서
외로움의 잡초 뽑으며
끈질기게 살아가는 인동초

아기자기한 상상력으로
황무지에 무릉도원 만드는
시심 나라의 낭만대통령

누구의 간섭도 출입 금지 된 초탈한 삶,
자유의 초원에서
철부지처럼 즐기는 야생마

허기진 가슴 뚫고 부화되어
우주 닮은 큰 사랑으로
온누리에 울려 퍼지는 영롱한 빛.

祝詩

인간 박덕은

이명희(시인)

사막에서 연꽃을 피우고
아스팔트에서 해초를 기르는
그래서 함부로
아무도 흉내 낼 수 없는
신비로운 거름손

검푸른 영혼의 심연까지
송곳처럼 파고들어
잠든 재능의 실마리
기어이 끄집어내는
끈질긴 추적자

아무도 알아들을 수 없는
자신만의 외계어로
수시로
우주의 방언을 즐기는
희한한 이방인

주름 많은 얼굴로
모노드라마 연출하여
시종 울고 웃기는
천진난만한 개그맨
가진 것 다 내주고

입은 옷 다 벗어 주고도
여전히 더 줘야 하는
한 많은 벌거숭이

모진 세월에
구멍 뚫린 가슴으로
허허로이
모난 세상 흘려보내는
뜨거운 달관자

사랑에 찢기고
사랑에 멍들어도
한사코
사랑 주위에서만 서성이는
정열적인 불나방

물질도 버리고
인연도 버리고
리듬 따라 낭만 따라
끝없이
먼 길 떠나는
철부지 유랑자.

祝詩

박덕은

최승벽(시인)

열정 하나 안고
묵묵히 자리 지켜 온
당신

굽이칠 때마다
산산조각 난 마음 꿰매는
당신

한길 낭떠러지마저
어루만져 감싸 안는
당신

깊이 묻힌 감성
톡톡톡 터뜨려 주는
당신

잔잔한 설렘
슬며시 젖어들게 하는
당신

끝없는 보은의 눈빛들이
소롯이 사랑하는
당신.

祝詩

시인 박덕은

김관훈(시인)

구름과 구름 위에 하늘 있어
그 푸른 하늘에 담기고 싶다

계절 머리말에 빈 엽서 있어
그 하얀 여백에 잠들고 싶다

섬과 섬 사이에 바다 있어
그 쪽빛 얼굴에 꿈맞추고 싶다

살구꽃 마을에 동심 있어
그 앳된 몸짓의 시인이 되고 싶다.

祝詩

박덕은

이후남(시인)

시린 옆구리
시향으로
다독이며
큰 나무가 되었네

무성히 펼쳐 놓은
가지에
철없는
비가 내려도

저민 가슴
내어 주고
말없이 말없이
흘러가라 하네

맘 둘 곳 없는
회한의 눈물
하얗게 하얗게
야위어 가도

바보 같은
미련
뚝뚝
떨군 채

싹 틔워
다가오는 시심
어쩌지 못해
뜨겁게 끌어안으며

바람 부는
언덕길
묵묵히
지키고 서 있네.

祝詩

일병 박덕은 구하기

장헌권(시인)

곰삭은
내면 돌출에
웃다가
웃다가
떡치듯
미안한 남자

얄팍한 세상에
늘어진
두 팔로

마른
쓸쓸함을 손빨래하여
우주에 널어

가슴으로 쓰고
손끝으로 피워

통곡하는 사랑을
나비섬에서
이화벌로

아련한 추억을
묵향골에서
매운향으로

해학의 강을
강나루에서
해돋이로

나팔꽃이 친구인
수더분한 인생을
슬겁게

아린 상처를
만지며
유유히

그렇게
살아가는 그대여
바로 바보 성자다.

祝詩

나의 스승님

전춘순(시인)

님은
마술사

님의 손에 가면
무엇이든지 척척
다 아름답고 멋지게
표현되어 나온다

마음이 고아서
사랑의 힘으로
마법처럼

늘 행복하고
모든 게
마냥 좋다

아름다운 생각으로
제자들을 위한 어여쁜 꽃들로
머릿속에 가득차 있다

마치
우리 아빠 같구
우리 오빠 같다

내 맘속엔
님에 대한 존경과 사랑으로
가득 채워져 있다.

祝詩

나의 스승님

김부배(시인)

우주보다 너른
가슴으로
품고

초롱초롱 빛나는
눈동자로
대하고

예술혼의
손길로
빚어내고

발걸음마다
온유의 시향으로
빛나고

앞에만 서면
존경하는 마음으로
바라보게 되고

인자한 얼굴에
겸손함까지도
갖추고 있고

낭만으로
꽉 차 있어
즐겁고

늘
사랑스런 언어와
친근감으로 대해 주는

그런
님의 모습
놀라워라

항상
지혜롭고 고귀하게
살아가는 님

늘 되새김질하며
늘 배우며
오늘도 은은히 바라봅니다.

차 례

2장 — 둥지 높은 그리움

묶음표처럼 살다가
사랑한다는 것은 · 1
사랑한다는 것은 · 2
사랑한다는 것은 · 3
당신만은
갇힘의 비밀
둥지 높은 그리움
나는 매일 밤 바람과 함께 사라진다
문
우리는 봄꽃이어라
마음이 통한 한숨끼리 어울려
결론은 늘 하나
그리움을 태우는 시인
누구에게나
이제는
제발
어떤 정경
그려지나요
지독한 사랑

3장 — 바람은 시간을 털어낸다

4장 — 바람은 시간을 털어낸다

거시기 · 5

케노시스 · 1

케노시스 · 2

노을이 더 익기 전에

가장 중요한 일

당신을 만나기 전의 내 인생은

당신의 미래 속엔

병원에서 당신을 기다리며

나와 당신과 봄

그릇 하나

보이지 않게

꼭

부탁이에요

그냥 가요

사랑 노래

나의 소망

신비의 말

어딜 갈까요

나는 매일 밤 바람과 함께 사라진다

제1장
걸어 걸어 찾아온 성지

박덕은 作 [정원의 꿈](2014)

걸어 걸어 찾아온 성지

수백 리를 걸어 걸어 찾아온 성지,
알고 보니 그대 품안이었습니다
저 멀리서 떠오르는 태양이
휘파람 소리로 쓰다듬습니다
자갈길을 걸어 걸어
애써 도착한 성지,
그러나 그곳엔 회오리바람이 살고 있었습니다
환상의 선인장까지 살고 있었습니다
애달픈 계단을 만들어 놓고 올라가
뜨거운 기도를 올립니다
피리 소리 따라
순례 여행의 끝에서 춤을 춥니다
앞에는 불바람과 절벽이 가로막아 섭니다
연기는 쉴 새 없이 주문을 외워댑니다
탄탄한 다리가 신의 소리를
마구잡이로 실어 나릅니다
밤새 춤을 추며 눈부시게
축제의 밤을 맞이합니다
성스런 피를 뿌리며
신의 나라를 형형색색으로 물들입니다

뛰고 뛰는 사이에
영혼의 고향이 불쑥 다가섭니다
수백 리를 걸어 걸어 찾아온 성지,
이제 보니 그대 사랑이었습니다.

박덕은 作 [성지](2014)

그대에게 바치고픈 수집품들

감나무 가지 끝 높이
바로 거기에 매달린
겨울에도 별이 되기를 꿈꾸는
까치밥 한 알,
감꽃일 때도, 땡감일 때도
비바람에 의연히 견디어 낸
옹고집 한 알,
홍시가 되기를 거부한
그렇다고 곶감이 되기도 거부한
외로움 한 알,
산속에서도 멀리 바다를 꿈꾸는
카누를 타고서 무서운 속력을 내고파
맨 꼭대기에서 하루 종일 칭얼대는
탐험심 한 알,
수천 길 폭포를 타고 내려가
여러 종교의 물살을 헤치고 나간 다음
열대 과일의 향기로 남고픈
첫사랑 한 알,
산호섬 바닷속의 바다거북처럼
한가로이 떠돌며 자유를 만끽하는

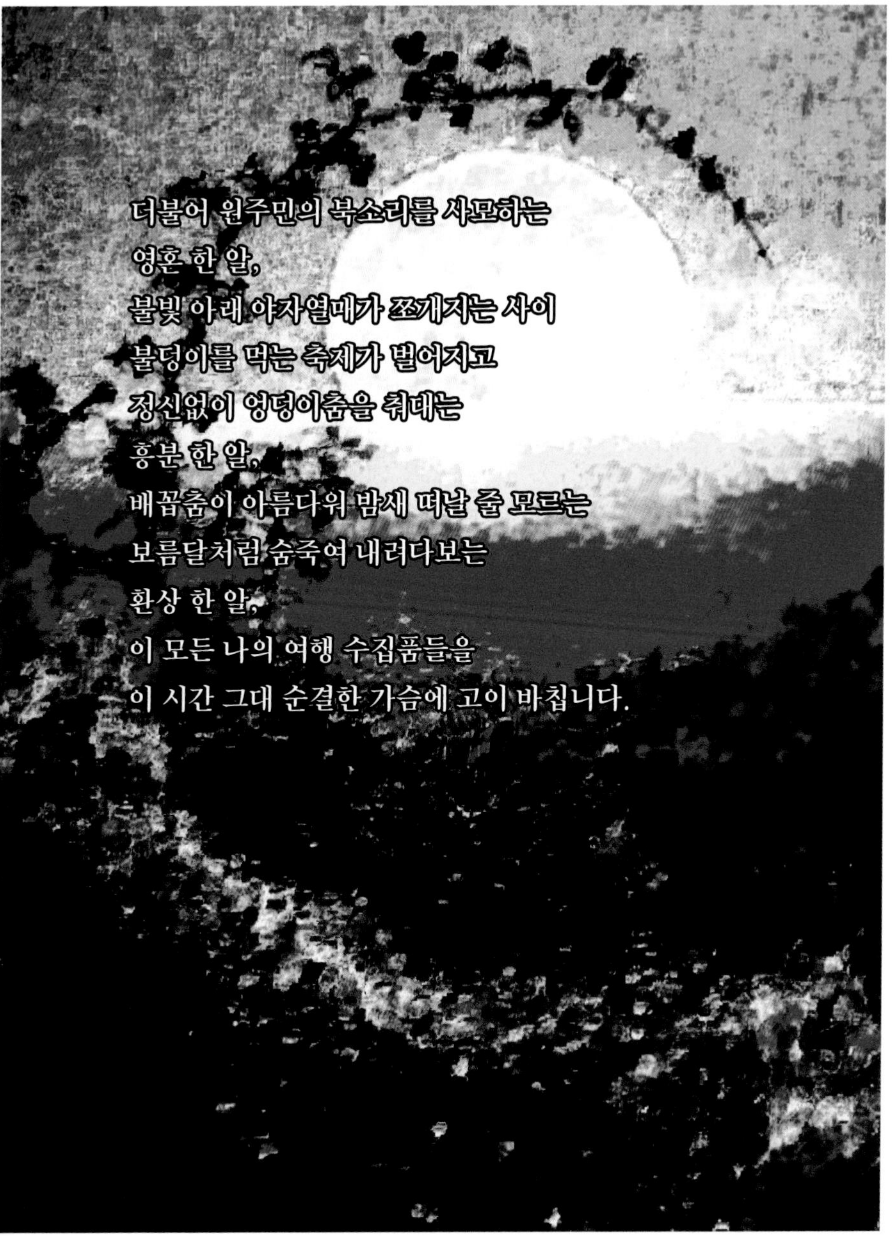
더불어 원주민의 북소리를 사모하는
영혼 한 알,
불빛 아래 야자열매가 쪼개지는 사이
불덩이를 먹는 축제가 벌어지고
정신없이 엉덩이춤을 춰대는
흥분 한 알,
배꼽춤이 아름다워 밤새 떠날 줄 모르는
보름달처럼 숨죽여 내려다보는
환상 한 알,
이 모든 나의 여행 수집품들을
이 시간 그대 순결한 가슴에 고이 바칩니다.

박덕은 作 [환상](2014)

첫사랑 하나, 짝사랑 하나

손수건만 한 나의 비밀 공간에는
여태 단둘이 살고 있답니다
짝사랑 하나, 첫사랑 하나,
짝사랑은 늘
연분홍 원피스를 입고 있고
첫사랑은 늘
연초록 투피스를 입고 있습니다
한쪽은 붙들려 하고
반면에 다른 쪽은 잊으려 합니다
태양일지라도 흑점이 있듯이
둘 사이엔 서로 단점이 있습니다
그럼에도 불구하고 그대여
강풍이 미친 듯이 날뛰어도
바다 밑은 그야말로 잔잔하듯이
둘 사이엔 아무런 문제도 없답니다

그 이유를 그대는 아십니까?
둘 다 그대로부터 오롯이
비롯되었기 때문입니다
둘 다 그대를 애타게

필요로 하기 때문입니다
둘 다 그대로 인하여
행복을 느끼기 때문입니다
손바닥만 한 나의 비밀 공간에는
영원토록 단 둘만이 살 거랍니다
짝사랑 하나, 첫사랑 하나.

박덕은 作 [비밀 공간](2014)

당신 · 1

하얗게 이른 새벽 꼭두부터
향수병 뚜껑을 열어 놓았어요
날아갈 건 어서 날아가라고
흩어질 건 어서 흩어지라고

이상하게도 향수는
천장까지 천천히 올라가
잠시 잠을 자면서 쉬다가
해름참께 다시 돌아왔어요

병 속으로 들어간
향수는 한나절 내내
그리움의 시만 읊다가
심한 복통을 일으켰어요

뱉어내는 건 모조리
시보다 더 지독히
사랑했고 사랑한다
그 말뿐, 오늘도 그 말뿐.

박덕은 作 [그리움의 시](2014)

당신 · 2

할머니가 걸어와요
세월의 발끝만 내려다보며
천천히 걸어와요
옆도 보지 않고
그냥 지나쳐 가요

두 손은 뒤로 한 채
90도 가까이 허리 구부린 채
지나가고 있어요

손에 든 비닐봉지에는
아기소나무 한 그루,
잘 익은 복숭아 두 개,
막 피려는 백합 한 송이
들어 있군요

서서히 골목 안으로 사라져 가는
할머니의 뒷모습에서 당신을 읽어요
당신의 향기도 읽어요
당신의 눈물도 읽어요

꿈에도 그리던 당신의 사랑도 읽어요.

박덕은 作 [세월의 발끝](2014)

당신 · 3

강아지가 졸랑졸랑 따라와
부엌으로 들어왔어요
아무리 나가라고 으름장을 놓아도
끄덕조차 하지 않네요

차마 발로 차거나
때릴 수는 없었어요
왜냐하면 당신의 애칭을 녀석에게
이름 붙여 놓았거든요

어디든 졸졸 따라다니는
당신의 흔적
녀석이 가는 곳마다
당신의 향이 묻어나요
녀석이 칭얼댈 때마다
당신의 손길이 그리워요

어쩜 좋아요
집안 구석구석
촐랑촐랑 붙어 다니는

추억 같은 녀석을 어쩜 좋아요.

박덕은 作 [추억의 흔적](2014)

당신 · 4

당신은
구름, 바람, 강물

이 시간 간절히 바라는 건
구름도 바람도 강물도 아니에요

구름은
자꾸만 산기슭을 벗어나
골짜기 타고 흐르다
천상으로만 솟구쳐요

바람은
형체조차 드러내기 싫어하면서
제멋대로 왔다가
제멋대로 떠나 버려요

강물은
융융히 흐르다가도
막히면 막힌 대로 넘치면 넘치는 대로
줏대 없이 이랬다저랬다 해요

박덕은 作 [큰 나무](2014)

당신 · 5

우산 쓰고 걷는 저 연인
되도록 빨리 지나가요
아니면 붙박이처럼
그 자리에 굳어지든가
아니면 어서 가 버려요

내게는 오로지 당신뿐
그 어느 것도 허용하지 않는 공간
그 어떤 존재도 받아들이지 않는 세월

오로지 당신에의 사랑뿐
그외 다른 감정 간직하지 않고
살아왔어요
그외 다른 생각 일구지 않고
지내왔어요

바치고 싶어요
처음부터 품은 순결한 느낌
시도 때도 없이 스미는 향기
온전히 바치고 싶어요
후회하지 않아요

오로지 당신에의 그리움뿐
이 보물 가슴에 안고 홀로 살다가
조용히 숨을 거두게 해줘요.

박덕은 作 [당신에의 그리움](2014)

당신 · 6

이대로
멈췄으면 좋겠어

이 순간이
영원히 기억되도록

이대로
새겨졌으면 좋겠어

이 애정이
화석으로 온전히 새겨지도록

이대로
세상이 끝났으면 좋겠어

더이상의 행복이
영영 존재할 수 없도록

이대로
당신이 우주 속으로 사라졌으면 좋겠어

어느 누구도
당신을 나처럼 황홀히 사랑할 수 없도록.

박덕은 作 [불타는 사랑](2014)

당신 · 7

하루는
사랑한다
사랑하는 것 같아
그러면서 보내
매 시간
그렇게 보내

하루는
사랑하지 않아
사랑하지 않은 것 같아
그러면서 보내
하루 종일
그렇게 보내

이래저래
사랑이란 낱말
떠올리며, 떠올리며
그러면서 보내
한 달 내내 그렇게 보내

결국
마음 가득
사랑하며, 사랑하며
사랑만 하며
그러면서 보내
평생 동안 그렇게 보내.

박덕은 作 [사랑만 하며](2014)

홀로

아까까지만 해도
공주 옷을 안고서
꿈만 꾸었어요

방안에 갇혀
그 갇힘에 익숙해져

외출할 생각조차
하지 않았죠

그러다
갈매기 소리가
목구멍 안에서
솟아 나와

홀린 듯
이곳 갯벌까지
오게 되었죠

발바닥이 차가워도

괜찮아요

매끈거리는
감촉이
위로가 되네요

마파람에
옷자락 맡기고
걸어볼게요

수평선과
내밀한 소통을 하며
이 시간만큼은

뜬구름의 속살로
철없이 걸어볼게요.

박덕은 作 [바닷가에서](2014)

사랑

나의 사랑은
길 하나를 얻기 위하여
갇히고 열린다

품은 안으로 안으로만 스며들고
꿈은 밖으로 밖으로만 튀어나가고
마음은 몸으로 갇히고
사랑은 꿈으로 열린다

꿈은 사랑과 같이 열리고
갇힌 몸을 위하여 열리고
몸은 꿈과 같이 갇혀 가면서
열린 꿈을 위하여 갇혀 가면서
살아간다

나는 어느덧
칼로 물 베기 하듯
마음깃으로 물살 베기 하여
태양 하나를 가슴으로 나눠 먹고
영영 갇힌 몸이 된다

억만 년
몸부림 끝
억만 년 동안
열린 꿈

억만 년의 꿈으로 물살 베기 하여
억만 년 만에 태어난 길 하나는
또 하나의 열린 길 하나를 얻기 위하여
열린 꿈의 젖을 먹으며
다시 기쁨으로 갇힌 몸이 된다.

박덕은 作 [열린 꿈](2014)

각흘도에서

갈매기들과 한 분의 선생님,
그리고 각기 학년이 다른 여섯 명의 아이들,
새벽부터 교실에 나와
가갸거겨, 바닷바람 갯바람 하늘 아래 동동
선생님, 저 지평선 끝에는 무에 살아요?
나냐너녀, 노래 잃은 갈매기 너댓 마리 살지
글믄, 울 아빠 몇 밤 자면 오시나요?
다댜더뎌, 두 손 모아 지암지암 예닐곱 번 하면
파랑 갈매기랑 함께 오실 거야
싫여 싫여, 그건 너무 많아 싫여
라랴러려, 그래 그래 우리도 그래 그건
아침 햇살 파도에 밀려오면
이제는 종례 시간
선생님 내일 또 만나요
그리고 오늘 했던 공부
한 번 더 복습해요
다시 새롭게 전혀 새롭게
우리는 하루 종일 굴을 따며 고동을 잡으며
열심히 예습해 올게요
울지도 않고 웃지도 않는 선생님의 얼굴을 하고서

기뻐하지도 슬퍼하지도 않는 선생님의 눈빛을 머금고서
마냥 그렇게 예습해 올게요.

박덕은 作 [섬](2014)

조도의 딸들

이슬로 피어나 파도와 함께 뒹구는 사이
조도의 딸들은 한 가지씩 신비를 배웠지
할아비는 지평선을 먹고 아비는 전설의 땅을 먹고
어미와 할미는 짠물을 먹고
그래서 우리는 각기 섬 안에서 하늘도 없이 태어났었지
아무도 노래를 부르지 않았지만
그때마다 입술들은 쉬지 않고
조상들의 이름을 부르며 떨고 있었지
어미는 아비를 찾으며, 할미는 할아비를 찾으며
딸들은 기억 속에 자꾸자꾸
설익은 아침 햇살을 뿌리며 뿌리며
갈매기들처럼 끼룩끼룩 울고 있었지
섬마다 징 징 징이 울리면, 애들아
치마폭을 펴서 깨진 갈매기 알들을 주워 담아라
애들아
징징징징징
미역을 따며 소라를 캐며 그물을 거두며
징소리를 먹고 조도의 딸들은 어느덧
날개 잃은 자그만 섬들이 되어 있었지.

박덕은 作 [날개 잃은 섬](2014)

나무 아래서 아이는

나무 아래서 아이는
새알을 하나 둘 세고 있다

어느 날 밤 세찬 바람에
고향 잃고 땅바닥에 떨어진
새둥우리와 새알들
새둥우리 속
깨진 알과 성한 알을
아이는 묵묵히 골라내고 있다

풀잎도 생기에 젖어 반짝이고
풀벌레 소리도 입맛에 맞게 싱싱한데
그냥 오늘만큼은
너무 시큰둥한 아침
정말 시르죽한 기분

누구 하나
관심 한 줌
입맞춤 한 입
보내지 않는

새둥우리 속 적막함
대화 잃은 새알들의 세계

아이는 고요를 끌어 모아
새알들을 한 알 한 알 닦으면서
새둥우리 속 슬픔을 꿀꺽 삼킨다

둥근 우주 밖에서
그야말로 하늘 끝 울타리 너머에서
둥실둥실 두둥실
끝도 밑도 없는 불안방울들을
연거푸 주워 삼키고 있다
아침 내내.

박덕은 作 [나무 아래서](2014)

지하철의 차창을 보며

점점 뚜렷이 다가오는 유령들의 행렬
무표정하게 짜 늘인 얼굴과 눈빛
그리고 검푸른 숲 위에 떠 있는 망각의 혼들
모두 묵묵히 서서 스쳐 지나가고 있다
그들은 다시 돌이킬 수 없는 수렁길을
어깨와 가슴으로 밀치며 불만의 살갗으로 부벼싸며
미지의 강을 따라 자꾸만 치달려 가고 있다
사내들은 지난 전쟁을 떠올리며
아낙네들은 부끄러운 시간들을 능숙하게 씻어내며
더러는 마주앉고 더러는 등 돌리고 서서
침묵의 더미를 쌓고 또 쌓고 있다
이따금씩 밋밋한 벽들은
써걱거리는 신음 소리, 서투른 한숨 소리를 모아
허기진 메아리를 빚어내고 있다
차창의 불빛마저도 가슴을 풀어 젖힌 채
아직 채 익지도 않은 삶의 빛살을 흩뿌리며
어디론지 서럽게 떠밀려 가고 있다.

박덕은 作 [삶의 빛살](2014)

역사 시험지에 찍힌 점괘가 풀릴 때까지

시험장에서 사내는 줄곧 졸았다
두 눈을 동그랗게 뜬 채
감독 교수의 눈을 피해 졸았다

언젠가는 졸음을 이겨내겠지
어쩌다 한 번쯤 맨정신을 갖게 되겠지
사내는 졸면서 버릇처럼 종알거렸다
너도나도 다같이
명암이 있는 문제들을 열심히 읽으며
빨강 볼펜으로 따가운 밑줄을 진하게 그으며
햇살 한 푼 없는 강의실에 걸맞게
우리 모두 다함께 야드르르한 졸음을 졸자꾸나
여전히 사내는 졸면서 입속말로 부르짖었다
단발머리 천사나 학생이 없어도 좋다
문제풀이 계산기나 교수가 없어도 좋다
오직 노래 깃든 어린 가슴 몇 조각
아교풀로 더덕더덕 붙여 놓고
시험 종료 시간이 될 때까지
역사 시험지에 찍힌 점괘가 풀릴 때까지
너랑 나랑 더이상 묻지도 말고

박덕은 作 [풍화된 냉가슴](2014)

향수

고샅 모퉁이에 두름 엮듯
내리쏘는 칼바람 엮어
오래도록 참으로 오래도록
가슴깃 속에다만 키워 온
팽만한 응어리 실타래
물동이 속 하늘에다 풀어 담고
새벽길을 걸어간다
갸름한 흙내음 따라
어기적어기적 논두렁에 내려서자
집히지 않는 아픔의 무게가 물씬
고무신 가득 고인 울음을 휘젓는다

잡풀 무성한 칡꽃 울타리만큼
넉넉한 울음으로 울음타래를 풀어 울음 우는
무덤가 남편의 이슬밭이여
탱자나무 가시같이 차운 바람이
카랑카랑 흘리고 간 긴긴 추스름 끝
한 사발의 소주 따라 놓고 쓰러지며 울고
달빛 몇 자락 휘영청 치마폭으로 감싸 안으며 뒹굴어 울고

어둠 가득 혈관을 타고 흐르는
서릿철 바람 소리들
한 필 두 필 뒷걸음치는 새김질로
恨을 누벼 간다.

박덕은 作 [향수](2014)

길트기 · 1

난폭한 겨울 저녁
어느 누구 할 것 없이
능욕당했네
비속한 언어에 의해
살갗이 찢기고
눈이 먼 남녀에 의해
가슴이 헤쳐졌네
휴지로 나뒹구는 건
빛바랜 무관심뿐
우리에게 그 무슨
호기심이라도 남아 있겠는가
양심도 메말라
얼굴 붉힐 줄 모르는
난폭한 겨울 저녁
고동치는 시간에
우리는 능욕당했네
단숨에, 아무 저항도 못해 보고
어느 누구 할 것 없이
슬프도록 능욕당했네.

박덕은 作 [겨울 저녁](2014)

길트기 · 2

긴 머리카락 잡아당기며
아프게 아프게
내 두 손이 뭐라 중얼거리는 줄 아세요

당신은요, 사랑할 줄도 모르면서
맨날 바쁘게 뛰어가고만 있다고요
거꾸로 걷는 줄도 모르면서
휘파람 불며 활개치며 내려가고만 있다고요

피아노 건반 위로 팔짝 뛰어오르며
애끈히 애끈히
내 두 손이 뭐라 쫑알거리는 줄 아세요

당신은요, 사랑할 줄도 모르면서
맨날 미끄러지듯 스쳐가고만 있다고요
내 앞길도 내 마음도 헤아릴 줄도 모르면서
목청 높이 기세 좋게 괴성만 지르고 있다고요.

박덕은 作 [길트기](2014)

이별의 길목에서

그대 얼굴을 읽고 나서
나는 진한 목마름을 느꼈네

어두운 미소에
한 잎 한 잎 쌓이는
그대의 아픔

떨리는 입맞춤에
한 올 한 올 흐느끼는
그대의 숨결

말없이 천천히
한 발 한 발 멀어지는
그대의 손길

그대 떠나는 모습을 읽고 나서
나는 비로소 늦가을의 외침을 들었네.

박덕은 作 [늦가을의 외침](2014)

작은 울타리

길을 가다가
노인은
한 작은 울타리를
발견했습니다

텅 빈
울타리,
그 안의 고요

노인은 살그머니
울타리 안으로 들어가
사랑의 짐을 풀어놓고
빈 공간을 채우기 시작했습니다
납땜질하듯
고요 묻은 자리를 때우기 시작했습니다

작은 울타리 너머로
내일이 기웃거리고
작은 울타리 주위로
훼방의 빛살이 너울거려도

노인은
짐 안의 모든 것을 꺼내어
아낌없이
텅 빈 울타리 안을 채워가지 시작했습니다,
오래오래 머물기라도 하려는 듯.

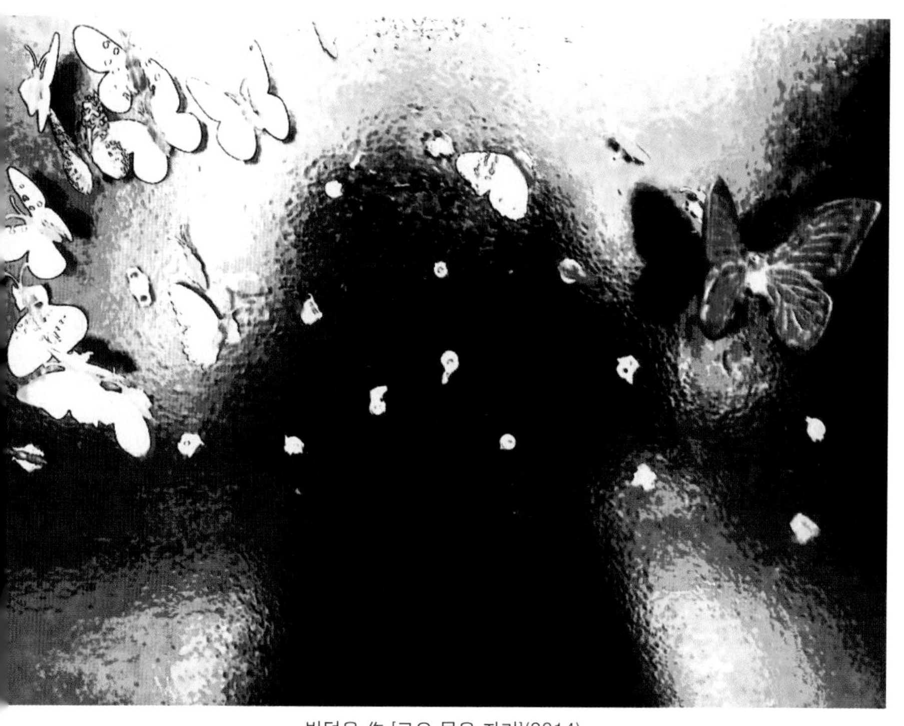

박덕은 作 [고요 묻은 자리](2014)

호기심

덩실
호기심 한 사발이
떠올라
지평선에 걸릴 때
신호를 보냅시다

이쪽의
호기심 한 사발도
떠올려
산등성이 허리에
걸쳐 놓습니다

호기심이
따로따로 떨어져
외롭지 않게 하기 위하여,
호기심이
서로서로 등돌려
대를 끊기지 않도록 하기 위하여

호기심과 호기심을 연결하여

그 고리에 고리를 이어 놓아
아무리 억지를 부려도
당신과의 관계를 떼어내지 못하도록 하기 위하여.

박덕은 作 [호기심](2014)

맡김의 노래

구름이 나이를 먹고 자라나
어느새 어른이 되었을 때
높은 습도로 감싸 안은
희망과 꿈과 이상을
계산해 보았습니다

한 닢 두 닢 세 닢
한 푼 두 푼 세 푼
한 냥 두 냥 세 냥

세월 속에서 터득한
산수를 복습하며
뜬눈으로 계산해 보았습니다
바람과 함께 계산해 보았습니다

그러나 어찌된 셈일까
결산 내역은
그저 무일푼일 뿐,
이게 도대체 어찌된 걸까

구름은 나이만큼 많이 근심 걱정하다가
우울하게 웅크리고 있다가
마침내 눈물비로 떨어지게 되었습니다

남은 건
당신의 대지 위에
흩뿌려진 눈물비일 뿐
당신께 맡겨진 노래일 뿐

모처럼 구름은
에누리 없는 계산을 끝마치고
어린애같이
당신께 맡겨둔 노래를 되찾아 부르며
오래오래 살았습니다.

박덕은 作 [당신의 대지](2014)

부치지 못한 편지

귀에
웅웅
울리는 저 소린
뭐죠?

벌써
여러 날째
떠나지 않고
울기만 하네요

영혼의 줄기에서
나는 소리일까요

사랑이 짓눌려져
파닥이는 소리일까요

피할 수 없는 이별이
목 조이는 소리일까요

받아들이라고 강요하는

박덕은 作 [운명의 소리](2014)

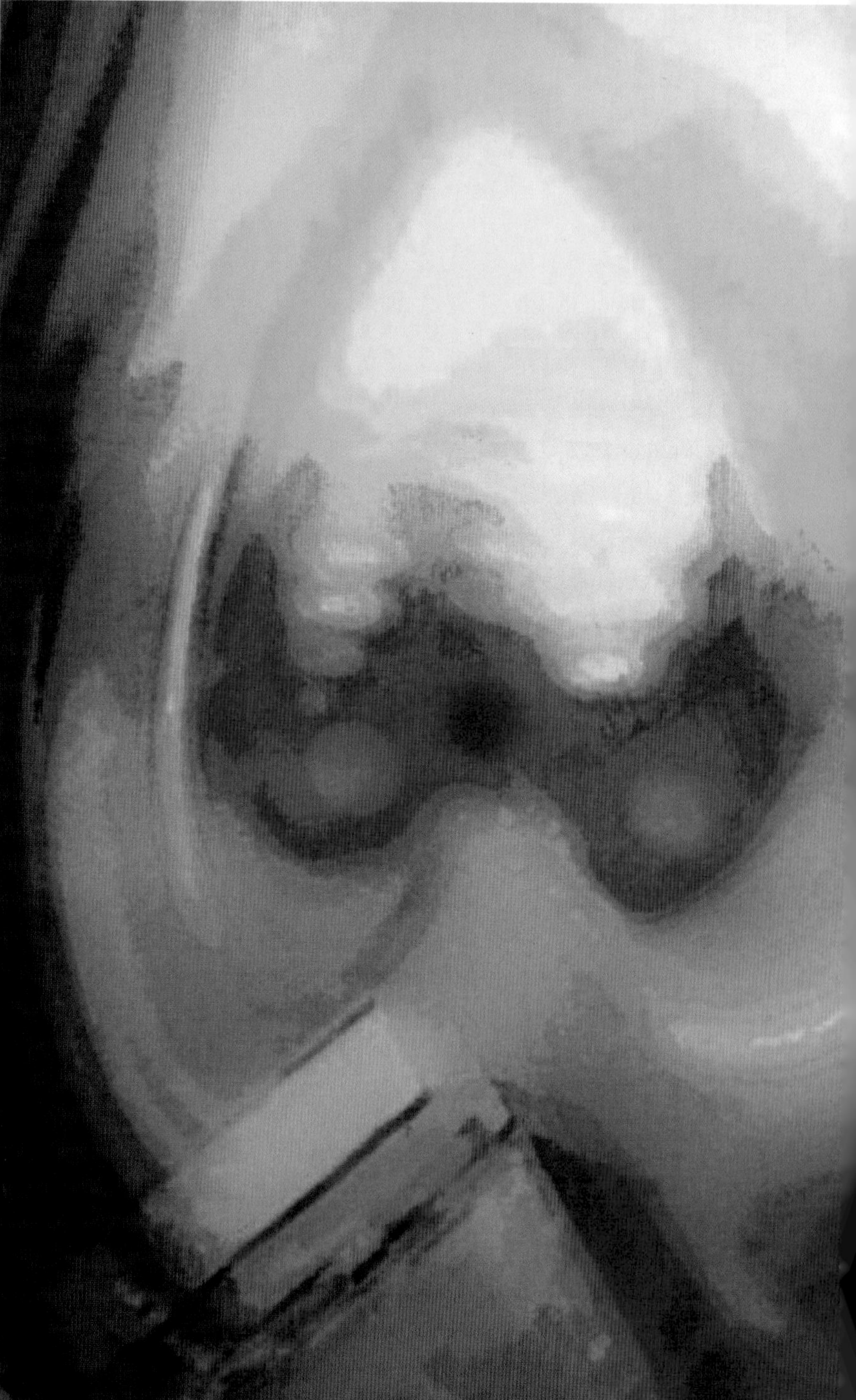

제2장
둥지 높은 그리움

박덕은 作 [유리창의 꿈](2014)

사실은

야생마처럼 뛰어다니면서 키 작은 나는
무지무지 많은 고생을 하게 되었고
무지무지 많은 어려움을 알게 되었고
무지무지 많은 슬픔을 얻게 되었지요

그런 가운데 너울너울 세월은 흘러
나의 크고 작은 창문들은 부서졌고
나의 무늬 고운 정감들은 녹슬었고
나의 동그래한 기쁨들은 으스러졌지요

해는 저물어 백발 곁에 놀빛이 어른거릴 때
흰 고깔 쓴 시간들도 한자리에 모이고
긴 장삼 걸친 대화들도 한자리에 모여
소감다운 소감을 발표하기 시작했지요

북소리처럼 터져나온 최종 결론이라는 건,
오동통한 이성들이 내뱉은 한마디라는 건,
거의 대부분은
실제로 일어나지 않은 것들이라는 것이었지요.

박덕은 作 [북소리](2014)

허공

취기가 가시고 나면
휭하니 자리잡은 허공,
그 쓸쓸한 자리에

당신을 향한
설익은 정성을 긁어모아
채우고 채우노니

잘근잘근 깨물어
뱉어 놓은 낱말들,
진실, 아픔, 자유…

당신께로 쓸리는
그 낱말을 긁어모아
채우고 채우노니

우리는 주어진 허공을 메우려 하고,
당신은
남겨진 허공을 메우려 하고

아무리 해도 다시 안겨 오는
미래의 불안 같은 허공,
그 낯설은 자리에

뼛속 깊이 파고드는
당신에의 그리움을 긁어모아
채우고 채우노니.

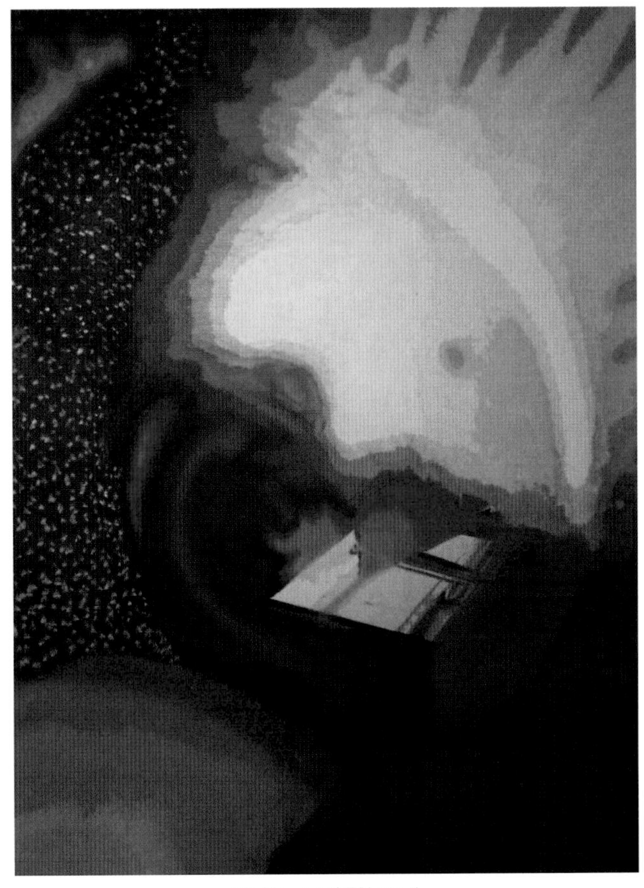

박덕은 作 [허공](2014)

묶음표처럼 살다가

종아리가 자신 없다며
스란치마 입기를 즐겨하던
그녀는
묶음표처럼 살다가
발 짧은 발자취 뒤로 남기며
홍방울새보다 더 빨리
가버렸다네
그녀는
내 영혼 깊숙이
그녀만의 홈끌로
이토록 정교한 슬픔과 그리움을
조각해 놓고
혼자서만 가버렸다네
갈 때 가더라도
날 홀로 놔두고는 절대 가지 않겠다던
그녀는
어둠별처럼 조용히 살다가
달보드레한 체온을 뒤로 남기며
새벽 별빛보다 더 빨리
저어기
별똥별 나라로 가버렸다네.

박덕은 作 [새벽 별빛](2014)

사랑한다는 것은 · 1

님이시여
현실을 미련 없이 내다버리는 것입니다,
그리고는 맘 중심을 보는
당신의 미래 속으로 정신없이 치달려가는 것입니다

님이시여
바보가 되는 것입니다,
세상에서 당신 하나밖에 모른다고
비웃음을 당하는 것입니다

님이시여
다 버리고 하나만 얻는 것입니다,
미래도 현재도 과거도 다 버리고
오직 당신 하나만을 붙드는 것입니다

님이시여
돌에다 이름을 새기는 것입니다,
세월의 물결에도 지워지지 아니하는
당신의 이름을 뼛속까지 새겨두는 것입니다.

박덕은 作 [당신의 미래](2014)

사랑한다는 것은 · 2

님이시여
차라리 이슬방울이 되는 것입니다,
이내 또르르 굴러 떨어져 버릴지라도
잠시만이라도 당신의 아침 햇살에 반짝이고자 하는 것입니다

님이시여
당신의 노래를 부르는 것입니다,
불러도 불러도 끝이 없는
당신만의 노래를 부르는 것입니다

님이시여
착각 속에 둘러싸여 살아가는 것입니다,
내가 택한 당신이
하늘이라고 믿고 살아가는 것입니다

님이시여
진리를 하나 깨닫는 것입니다,
우주의 중심이 당신으로부터 비롯된다는
너무도 평범한 그런 진리를 하나 새겨두는 것입니다.

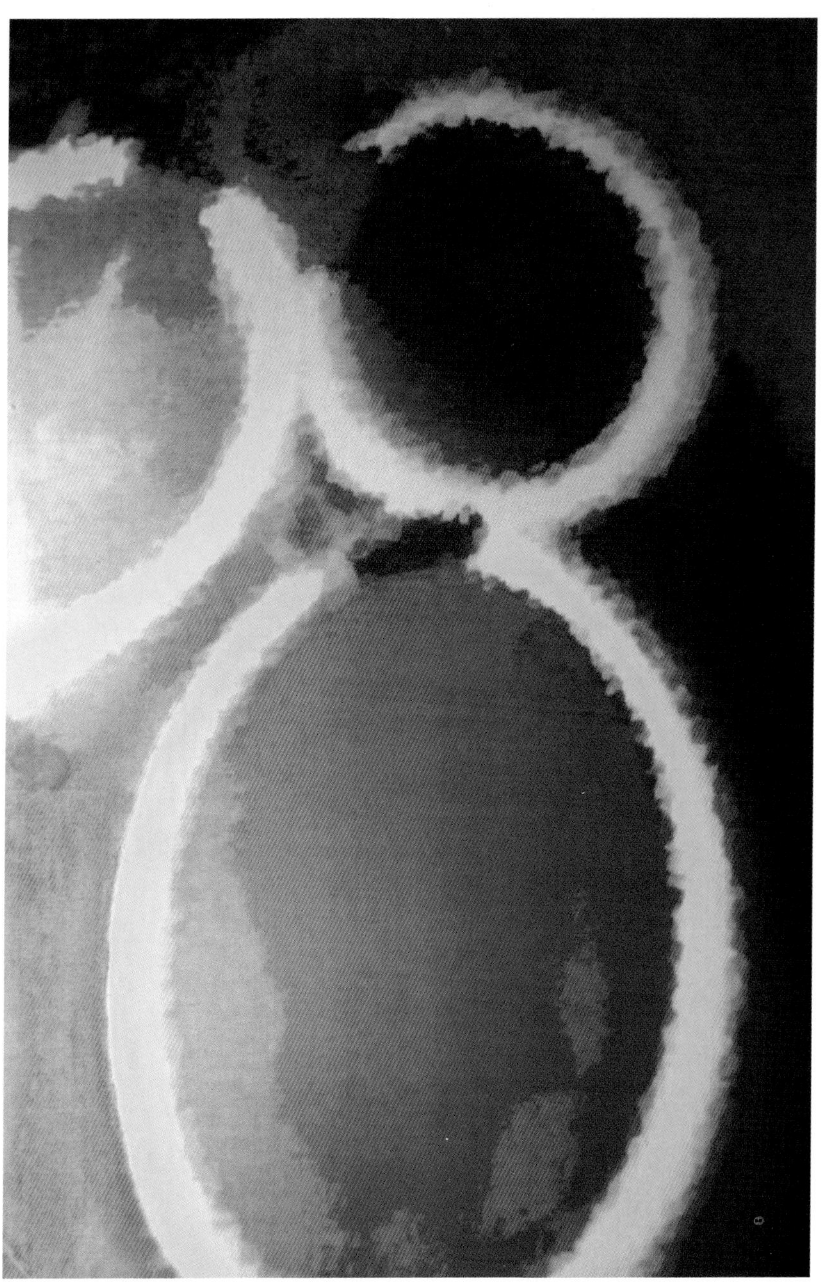

박덕은 作 [당신의 미래](2014)

사랑한다는 것은 · 3

님이시여
눈발을 나는 한 마리 철새가 되는 것입니다,
차마 떠날 수 없어 당신 곁을 뱅뱅 돌다가
떠날 때를 놓쳐 버린 철새가 되는 것입니다

님이시여
문을 열어놓고 기다리는 것입니다,
당신이 오실 때까지
달빛의 숨소리까지 잠재우며 기다리는 것입니다

님이시여
도자기로 남는 것입니다,
어떠한 불꽃이나 세월에도 견디는
청아한 도자기로 남는 것입니다

님이시여
촛불을 산불로 키워 가는 것입니다,
바람이 불면 불수록
더 거세지는 불길을 찬란히 소유하는 것입니다.

박덕은 作 [당신이 오실 때까지](2014)

당신만은

당신 이것만은 기억해야 해요
내 모든 것을 포기한다 해도
이것 하나만은 상기해야 해요
설령 당신이 돌비석에
이별의 글씨를 남기고 떠난다 해도
이것 하나만은 상기해야 해요
내 가슴에 새겨진 당신만은 안 된다는 것을
여기에 스며 사랑으로 깊게 숨쉬고 있는
당신만은 안 된다는 것을
내 삶이 비록 보잘 것 없다 해도
설령 당신이
나를 까맣게 잊고 산다 해도
이것 하나만은 명심해야 해요
내 영혼의 푯대가 되어 버린
당신만은 안 된다는 것을,
똘똘 기도의 보자기에 싸여
이미 내 살과 피가 되어 버린
당신만은 결코 안 된다는 것을,
어느 누구도
내 품에서 결단코 빼앗아갈 수 없다는 것을,

당신만은 영영.

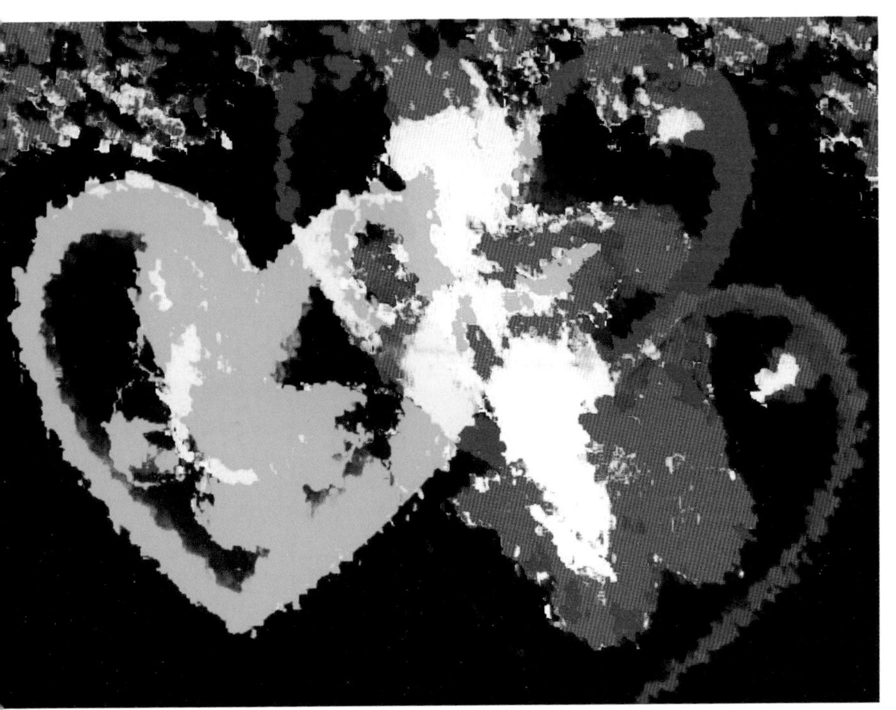

박덕은 作 [기도](2014)

갇힘의 비밀

당신 안에 갇혀 있으면
나는 좋아요
나갈 길도 없고
하늘도 별도 안 보여도
나는 좋아요
언제나
당신 안에 갇혀 있고 싶어요

오히려 당신은
나의 손님,
매일매일을 실어 나르는
나의 손님

어둠에 둘둘 갇혀도
오오,
당신과 함께 갇힌다면
오오,
다시 없이 좋은 기회…

당신 안에 갇혀 있으면

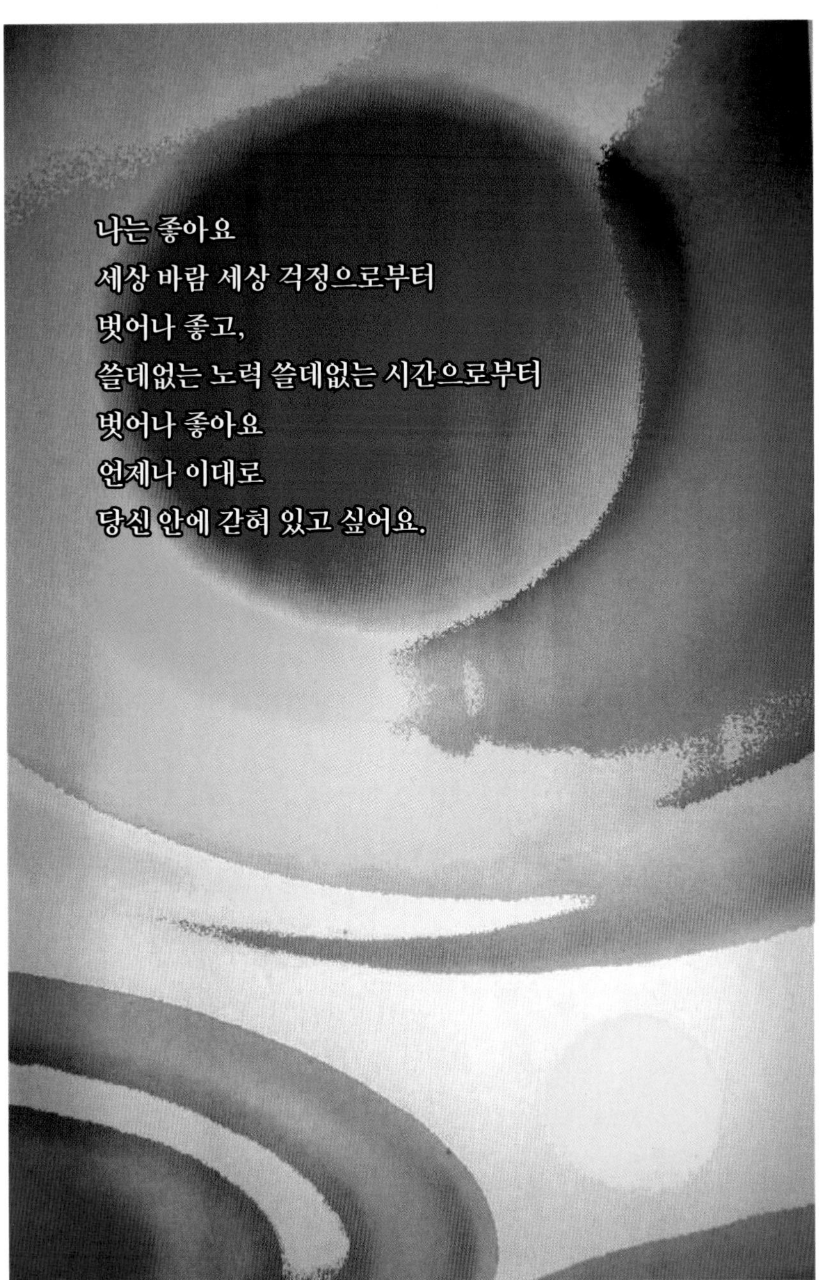

박덕은 作 [갇힘의 비밀](2014)

둥지 높은 그리움

저녁 놀빛이
그대의 머리를 빗질하더니

이제는
내 눈빛을 빗질하려 하네

제발 그러지 말게나
고정된 내 눈빛을 건들지 말게나.

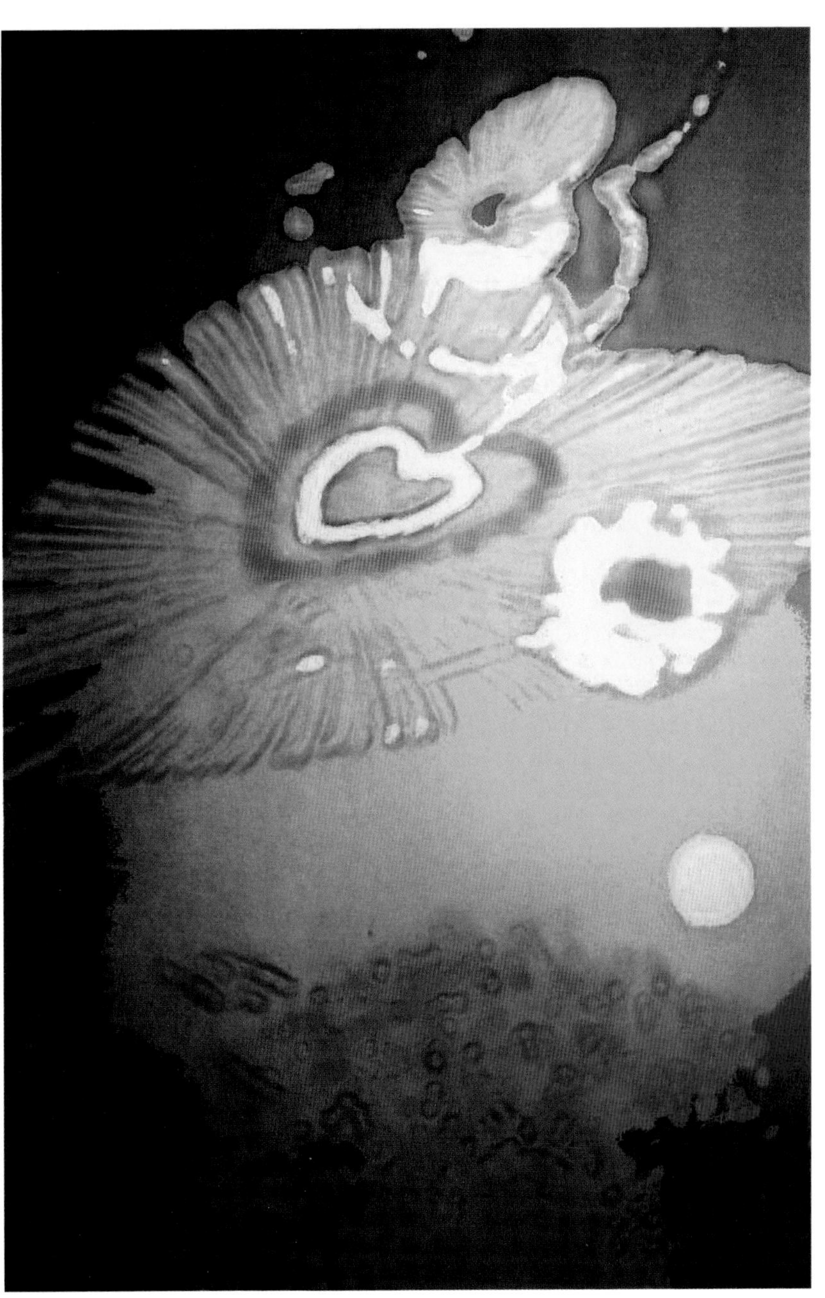

박덕은 作 [둥지 높은 그리움](2014)

나는 매일 밤 바람과 함께 사라진다

백합 향기가 방안에 일렁이면
가장 나이 많은 감정이 잠을 깬다
가꾸지 않아 더부룩한 머리를 하고
설잠 잔 눈빛으로 어정쩡 서서
빛바랜 인생관을 늘어놓는다
숙명이라서 이대로 걸어온 게지
바보라서 이대로 걸어온 게지
나이는 나이대로 늙어가면서
아쉬움은 아쉬움대로 남겨가면서
한 가지도 감격하지 아니하면서
덮으면서 감추면서 살아온 게지
자신을 학대한 죄 크고 커서
묻는 말에 그저 눈물바람만 하고서
엎디어 엉덩이로 울고 울던 나날
소설이 사무치게 읽고 싶을 때면
가장 나이 어린 감정이 선창을 한다
나는 매일 밤 바람과 함께 사라진다
가장 나이 많은 감정도 따라 외친다
나도 매일 밤 바람과 함께 사라진다.

박덕은 作 [숙명](2014)

문

바람 닫아라
문 들어온다
우얄꼬 우얄꼬
고차라 고차라
바람 들어온다
문 닫아라
그라고 나서
굳게 닫힌 문
우얄꼬 우얄꼬
따라가고픈 문

그대가 갇힌 문.

박덕은 作 [그대가 갇힌 문](2014)

우리는 봄꽃이어라

바다의 하늘이 여전히 추워 어둡게 울어도
이토록 하얗게 스며 오른
우리는 봄꽃이어라

달빛에 흐르는 과거이듯이
높이 뜬 그리움이듯이
스스로 피어난 향기 그 체온으로 자라는
우리는 하나같이 봄꽃이어라

굴욕의 아침도 가고 가고
목마른 바람이 너울대는 한나절도 가고 가고
차가운 어스름도 가고 간 뒤
이제 이렇게 진솔히 모여 앉은
우리는 그야말로 봄꽃이어라

길이 아직 멀다 하여도
섭섭한 세월이 앓아 누운다 하여도
허무맹랑한 미래가 눈웃음친다 하여도
다만 이 순간 이 자리에서
우리는 서로 소중한 봄꽃이어라

가슴의 불꽃이 얼려져
그대로 조화造花가 되어 버릴지라도
그대로 목석이 되어 버릴지라도
모든 스쳐가는 것들을
보다 뜨겁게 사랑할 줄 아는
우리는 모두 정열의 봄꽃이어라

어렵사리 눈물로 꾸려 가는
마음이 가난한 바로 이 양지 마을에
확산되어 가는 신선한 바람
그 속에서 뿌리를 박고 자라는
우리는 늘 봄꽃이어라

흔들리지 말자
뽑힐 수 없는 몇 그루 가슴들끼리
우뚝 솟아 받든 한 사발 소망들끼리
이마 가까이 맞대고 서서
다 함께 흔들리지 말자
우리는 봄꽃이기에

그래 그래 그래
꺼질 줄 모르고 무럭무럭 타오르는
우리는 진정 푸릇푸릇한 봄꽃이어라.

박덕은 作 [봄꽃](2014)

마음이 통한 한숨끼리 어울려

할아버지는 오늘도 당산나무 아래서
먼 하늘을 멍하니 올려다보고 있습니다
비 오는 날만 빼고는 날마다 빠짐없이
아침에 나왔다가 석양에 돌아가는
할아버지의 하루를 그대는 아시는지요
뿌리 위에 앉아 북녘 하늘을 바라보다
간혹 머리를 긁적거리면서 울먹이는
할아버지의 슬픔을 그대는 아시는지요
전쟁과 이별과 가난의 하수구를 지나
겨우 당도한 곳이 기껏 외로움의 늪임을
뒤늦게야 가슴 절절 깨닫게 된
할아버지의 절망을 그대는 아시는지요
흙담 너머로 할아버지의 옆모습을
물끄러미 내다보며 나는 한숨을 내쉽니다
서로 마음이 통한 한숨끼리 어울려
논밭에 흩뿌려진 짚더미 위를 뒹굴다가
바람을 타고 저 멀리 서낭당까지 달려갑니다
할아버지가 떨군 시선의 꼬리를 잡고
낑낑거리던 강아지도 심심한 듯
이윽고 봄 햇살을 볼에 기댄 채 졸음을 청합니다

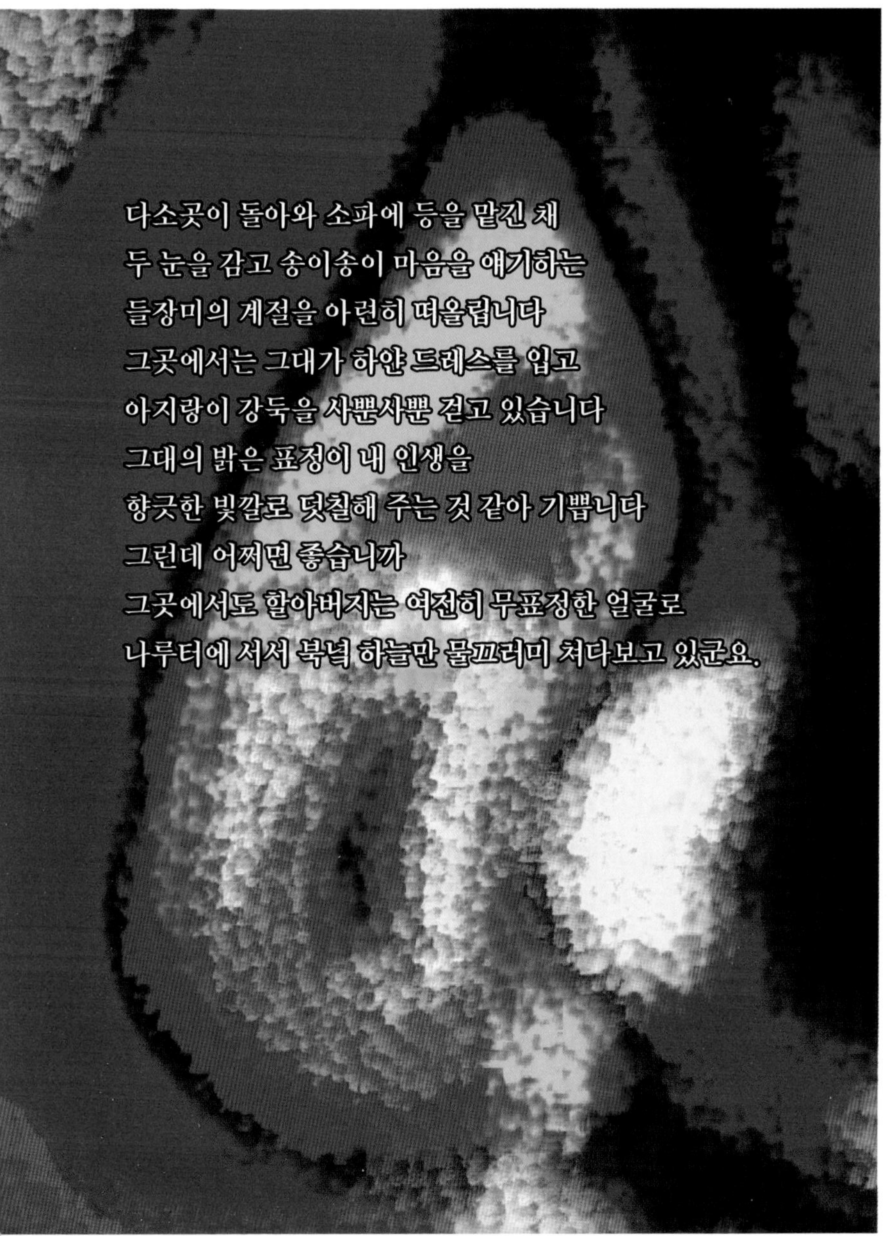

다소곳이 돌아와 소파에 등을 맡긴 채
두 눈을 감고 송이송이 마음을 얘기하는
들장미의 계절을 아련히 떠올립니다
그곳에서는 그대가 하얀 드레스를 입고
아지랑이 강둑을 사뿐사뿐 걷고 있습니다
그대의 밝은 표정이 내 인생을
향긋한 빛깔로 덧칠해 주는 것 같아 기쁩니다
그런데 어쩌면 좋습니까
그곳에서도 할아버지는 여전히 무표정한 얼굴로
나루터에 서서 북녘 하늘만 물끄러미 쳐다보고 있군요.

박덕은 作 [할아버지의 하루](2014)

결론은 늘 하나

별빛 한 올씩 붙잡고
내가 왜 태어났는지를
진지하게 물어보았습니다
그때마다 공교롭게도
대답은 하나였습니다
"자기 짝을 찾으러 왔다"
질문은 질문을 낳고
의문은 의문을 낳았지만
결론은 늘 하나였습니다
"자기 짝을 찾지 못한
인생을 자랑하지 말라"
향기 한 올씩 휘감으며
내가 해야 할 일이 뭔지를
엄숙하게 물어보았습니다
그때마다 놀라웁게도
대답은 하나였습니다
"하루빨리 자기 짝을 찾아라"
회의는 회의를 낳고
슬픔은 슬픔을 낳았지만
결론은 늘 하나였습니다

“자기 짝을 못 찾으면
죽을 자격도 없다.”

박덕은 作 [짝 찾기](2014)

그리움을 태우는 시인

겨울의 끝 마당가에서
낙엽 모아 태우고 있을 때
옆집 꼬마 아이가 물었습니다
"아저씨, 직업은 뭐예요?"
그때 나의 입술은
'내 직업은 작가야'
하려다가 그냥
"낙엽을 태우는 시인이야"
그렇게 말하는 것이었습니다
그러나 마음 한구석에서는
'그리움을 태우는 시인이야'
그렇게 옹알이고 있었습니다
허물어진 흙담 곁에
쪼그리고 앉아 졸고 있을 때
장독 곁 맨드라미가 물었습니다
"아저씨, 심심하지 않아요?"
그때 나의 눈빛은
'심심해 죽겠어, 많이'
하려다가 그냥
"견딜 만해, 충분히"

그렇게 말하는 것이었습니다
그러나 가슴 한복판에서는
'외로워, 어스름처럼'
그렇게 쫑알이고 있었습니다.

박덕은 作 [그리움을 태우는 시인](2014)

누구에게나

누구에게나
가슴앓이가 있기 마련이죠

어제는 달맞이꽃에도
고뇌가 있음을 알았지요

해종일 필 수 없어 숨죽이다가
저녁이면 어김없이
꽃피워 향을 내뿜지만

아무도 보아주지 않을 때
게다가 달마저 구름에 가려
전혀 보이지 않을 때

너무나 슬퍼 너무나 아파
뿌리에서부터 이파리까지
결국에는 꽃망울까지
노랗게 타 버린다네요

아리고 아려서 노랗게 타 버린
내 가슴 안의 당신처럼.

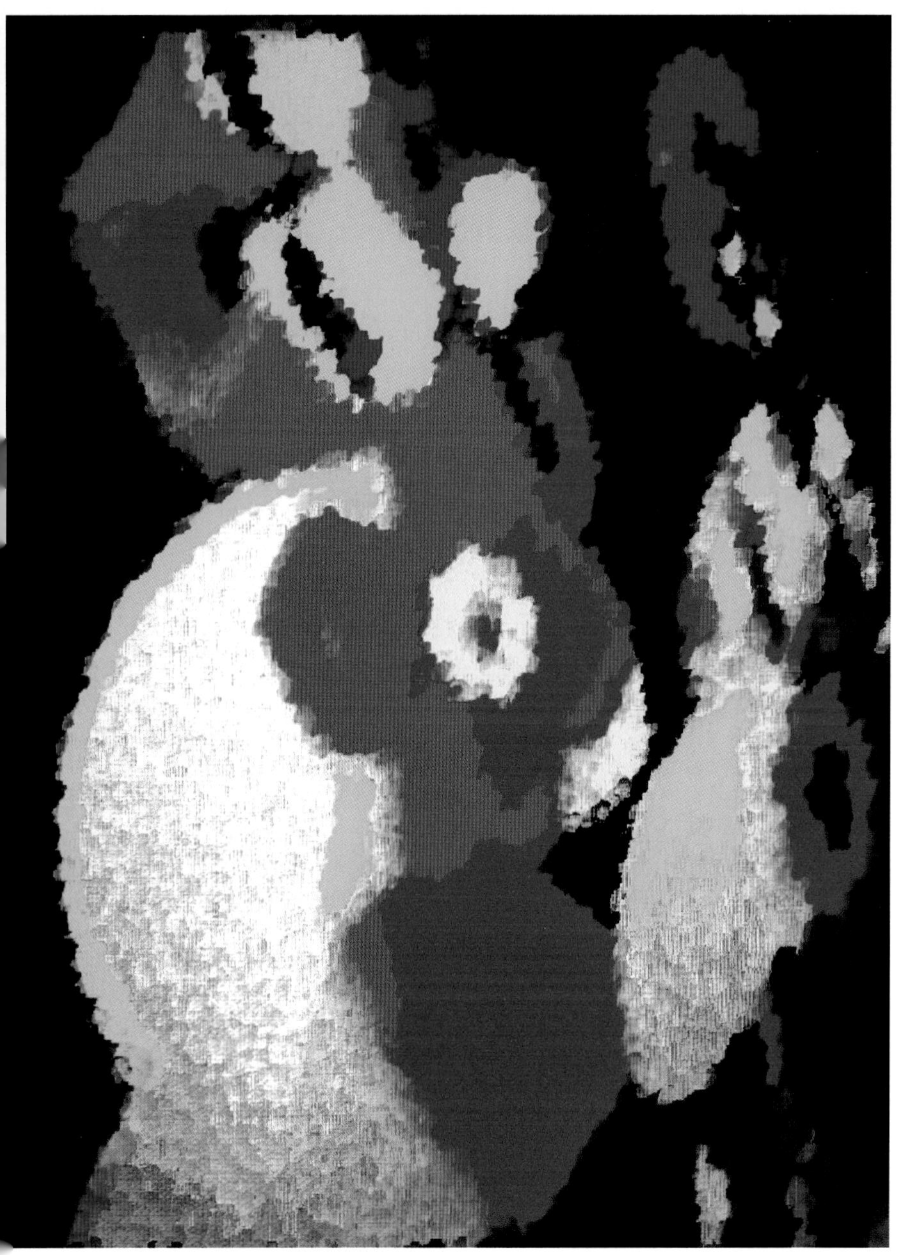

박덕은 作 [내 가슴 안의 당신](2014)

이제는

흔들거리다 갑자기 떨어졌어요
새벽안개 속에서
내 마음이 그래요
저기 한길을 건너는 자전거 보이죠
내 추억이에요
저 멀리 버스 한 대 보이죠
내 미래예요
바로 요 앞에
포옹한 채 떨고 있는 연인 보이죠
하필 내 영혼이에요
어떤 걸 선택해서
바라봐야 할까요
지금 생각 중이에요
모든 게 다
일시적으로 정지되어 있네요
당신이 와서
정리해 주세요
어떤 걸 선택해야 할지
어떤 길로 가야 할지
부드럽게 말해 주세요
산들바람 스민 목소리로.

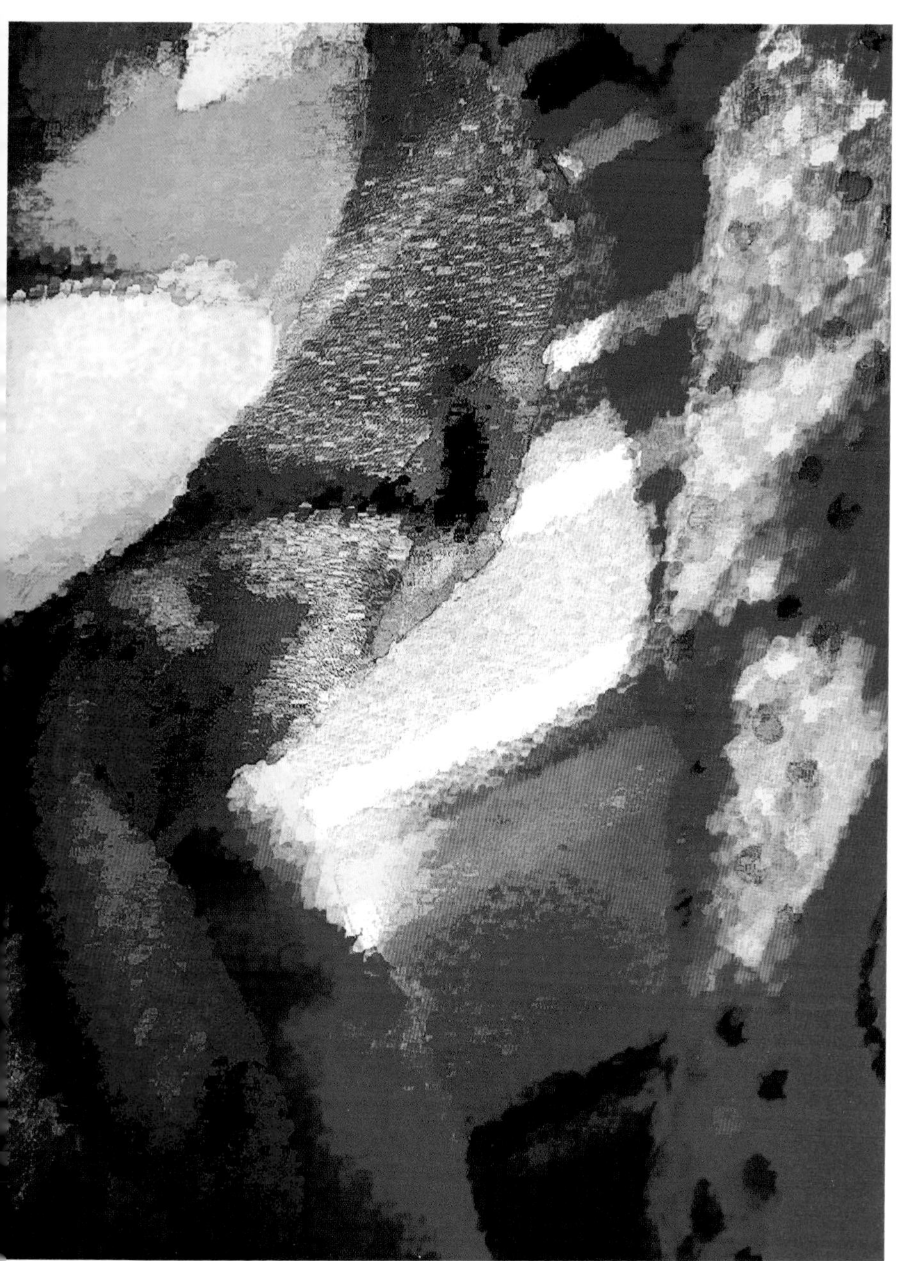

박덕은 作 [산들바람 스민 목소리](2014)

제발

사랑이 좋다면서
사랑에 흠집 내는

사랑이 소중하다면서
사랑에 구멍 뚫는

사랑이 가치롭다면서
사랑에 찬물 끼얹는

사랑이 최고라면서
사랑에 몸살 앓는

사랑이 영원하다면서
사랑에 선을 긋는

사랑이 꿈결 같다면서
사랑에 재를 뿌리는

이런 짓을 절대로
당신만은 하지 않기를

여름날 눈보라 속
장독 곁 정한수 앞에서
빌고 빌고 또 빕니다.

박덕은 作 [사랑](2014)

어떤 정경

혼자 도는 선풍기를
강가에 버렸어요
며칠 후 가 봤더니
여전히 돌고 있더군요
전기 코드도 없는데
혼자 돌고 있었어요
자세히 보니
풀꽃들의 은빛 향기,
풀벌레들의 곡예 합창,
강바람의 키 낮은 속삭임,
연인들이 남기고 간
촉촉이 젖은 아쉬움,
온갖 그리움들이
색칠해 놓은 추억의 숨결
이들이 앞다투어
외로운 선풍기를
돌리고 있더군요.

박덕은 作 [추억의 숨결](2014)

그려지나요

내 그리움의 서랍 안에는
노트 한 권, 시집 한 권,
안경 하나, 사진 한 장
정갈히 놓여 있습니다

아무도 손대지 않아
아직까지 순결한 설렘이
잘 보존되고 있습니다

한 가지 이해할 수 없는 건
지난밤 꿈속에서
당신을 만나 말다툼을 한 뒤
그것들의 놓인 위치가
달라졌다는 점입니다

시집 위에는 사진이
노트 위에는 안경이
내 가슴 위에는 절망이
각각 희멀겋게 놓여 있더군요.

박덕은 作 [그리움의 서랍](2014)

지독한 사랑

도랑을 건너다가 정강이를 다쳤어요
쑥쑥 아려 와서 숨을 쉴 수조차 없네요
왜 하필 이럴 때
당신이 떠오를까요

도랑의 메뚜기도 쳐다보고 가고
개구리도 팔짝팔짝 뛰어가는데
왜 하필 이럴 때
당신의 미소가 떠오를까요

어느덧 내 모든 의식 속에는
땡글땡글
당신이 새겨져 있나 봐요

아무리 애써도 안 되는
아무리 몸부림쳐도 안 되는
당신을 향한 줄달음질

그 뒤로
쓸쓸히 깔리는 어스름

왜 하필 이럴 때
당신의 품이 떠오를까요.

박덕은 作 [지독한 사랑](2014)

한몸처럼

칸은 둘인데
컵이 붙어 있어요
마실 때는
얼굴 맞댄 채
함께 잔을 기울여야 해요
다소 불편하지만
둘은 개의치 않아요
매일 함께 일어나
차 한 잔 타 마실 때도
함께해야 해요
여행을 떠날 때도
컵은 따라가요
어디든 언제든
마음 맞댄 채
영혼 손잡고서
컵 속의 미래까지
함께 마셔요
짓궂은 날씨 속에서도
운명처럼
늘 함께해요.

박덕은 作 [운명처럼](2014)

부디

당신,
당신만 보면 마음이 아려요
다가와 입술을 내미는 순간, 우주는 멈추지요
물론 심장도 멈추고 의식도 멈추고 꿈도 멈춰 버려요
누가 그러라고 했나요?
왜 내 뒤를 따라와요?
밤길을 내내 따라오면 어떡하라구?
그래선 안 돼요. 바다가 울잖아요
우리가 맹세를 토해냈던 그 바다가 몸부림치잖아요
몸을 바로 세우듯, 해변의 빗줄기처럼 제정신을 차려야 해요
원망하거나 탓하거나 웅크리지 마세요
바닷바람이 아까부터 가슴 밑에서부터 솟구쳐 불어요
약간 짠 듯 매운 듯 촉촉한 듯
미묘하게 밀려와 온몸을 둘둘 말고 있네요
일어서요. 이제 가야 해요
바람 한 점 없는 일상 속으로 가야 해요
눈 감고 가슴 감고 가야 해요
절대 뒤돌아보지 마세요
연민 한 올 남기지 말고 새벽 끝을 걸어가세요
달빛 아래 눈물을 가로눕히지 마요

그냥 가요
아주 가벼이.

박덕은 作 [새벽 끝](2014)

변비

닫혀 버려
자살을 꿈꾸게 하는
빌어먹을 우주.

박덕은 作 [변비](2014)

성에

한겨울 못다 한 사랑이
창문까지 찾아와 울다가
그만 차갑게 굳어 버리다.

박덕은 作 [성에](2014)

제3장
바람은 시간을 털어낸다

박덕은 作 [풍요의 노래](2014)

바람은 시간을 털어낸다

때까치 울음 같은 바람이 되었다
피가 잉잉거리는 질퍽한 길을 따라
줄무늬져 오는 석양빛을 뿌리치며 갔다

동산의 축축한 시간을 털어내자마자
깃털처럼 부서져 내린 취기
계속 바람은 달렸다

흙구덩이에 잠긴 심호흡을 딛고
얼기설기 털 돋친 삶의 음계를
한 꺼풀 한 꺼풀 벗기면
포도시 속살 벗는 산맥, 그 등성이를 털어낸다

점점 소슬한 진펄에 밀리는
육신의 몸부림 몇 점,
우적우적 깨물어 먹고 질근질근 깨물어 먹고
노자 한 푼 없이 한사코 가라,
바람개비같이 돌며 가라
숭숭 구멍 뚫린 갈림길로
머슴살이 손때로 쌍심지 돋은 자존심으로 씻으며

달음박질로 가라, 기지개 켜며 치달려 가라,
얄미운 바람

자박자박 바람은 지쳐 달렸다
둔탁한 발걸음 소리 질질 끌어 데불고
변두리 샛길로 접어들면
쑥대머리 동네 아이들의 헛웃음소리, 히히, 헤헤
그 사이를 비집고 기어코 끼어드는
아내의 육자배기 가락 몇 올,
파닥이며 돌아눕는 죽은 아이의 부르튼 울음소리,
가라앉아 조상의 산맥을 더듬어 헤매는
노모의 목쉰 염불 소리,
와르르 쏟아져 내려 별빛같이
개구리 울음밭에 뿌려졌다

박덕은 作 [바람도 숨을 멈춘 채](2014)

문아 문아 삐걱문아

문아 삐걱문아,
우리의 코끝을 스쳐가는 바람을 막지 마라
우리의 얼굴은 나이를 감추고 무더위 밑에서
어린애 걸음마를 배우기에 여념이 없단다

문아 삐걱문아,
우리의 얘기를 귀담아 듣지 마라
우리의 대화는 소금기 없는 김치 맛이란다
서로의 낯짝을 숨기고 절대로 속잎은 꺼내지 않고
담배 연기로만 통로를 가까스로 들락거리는
우리는 맹물 같은 빛깔이란다

문아 삐걱문아,
우리에게 더이상 소식방울을 주지 마라
가슴 허리 쪼그라져 한 치의 빈 공간도 남아 있지 않단다
다정스레 손 맞잡고 호흡으로 흐느끼는 텃밭도 잃은 지 오래란다

문아 삐걱문아
그러나 날 욕하지는 마라
나는 너의 키 작은 에미, 변함없이 네 못난 에미,

네가 돌봐 주지 않아도 이 땅 어디엔가에 처박혀 두 눈 버언히 뜨고
늘 죽은 듯이 살아 있을 네 하나밖에 없는 에미

문아 내 불쌍한 삐걱문아,
에미 닮아 한 세상 삐걱이며 살아온 애비 없는 문아,
목소리조차 멍이 든 내 새끼 삐걱문아.

박덕은 作 [우리의 대화](2014)

연가

그녀의 살색과 혈색은 동그라미처럼 하나,
그것은 벌써 여러 해 전부터
내 기억의 문지방을 거리낌없이
넘나들고 있었다

때론 붉비는 죄책감으로 때론 밀폐된 흥분으로
때론 튕겨나듯 밀려갔다 밀려오는 눈빛으로
차창 밖 유리그림 속에서
그녀는 낄낄대고 있었다

노을 깔린 들녘을 미끄러지듯 스쳐가는
입빠른 대화들, 메마른 시간들까지
그녀는 매서운 눈길로 휘어 감고 앉아
표정으로 끌어낼 것을 끌어내며
손짓으로 떠올릴 것을 떠올리며
휑뎅그레 홀로 앉아
밀려갔다 밀려오는 눈빛으로
줄곧 껄껄대고 있었다

그러나 자지러진 빈 웃음결 속에서

그녀는 버릇처럼 되뇌였다
"자꾸 어디론지 빨려만 갈, 쓸개도 간도 없이
한 겹 한 겹 없어져 갈 이방인의 파도에 불과하다, 난"
"닫힌 광장문을 실신하도록 두들기다 스러질
이방땅의 파도에 불과하다, 난"

그녀의 목소리는
아직도 눈빛 속에 그대로 남아 일렁이며 흐르고
신화처럼 의식으로 돌아 흐르고
이무기 같은 맹세를 거듭 주워 삼키며 철철철 흐르고,
눈물로 눈물 그대로 넘칠 듯 남아
밤마다 눈물방울을 눈빛으로 토해낸다.

박덕은 作 [연가](2014)

누이야 누이야

갈밭 모서리에 비켜서서 울어쌌던 누이야
한아름 치마폭으로 텅 빈 뻘밭을 가리고 서서
갯물에다 한사코 슬픔의 때 매듭을 헹궈쌌던
누이야

머리 풀고 몸져누운 풀꽃더미 꽃동산에서
흔들어도 소리 내지 않는 아이의 눈빛 속에서
조막손만 한 마음밭을 일구던 때를 기억하는가
누이야, 산실에 벗어 둔 고무신을 끌어안고
휑한 젖가슴에 얼굴 묻은 채
챙겨야 할 호흡도 잊고 서서
마냥 그렇게 울어쌌던 누이야

여긴 머언 나라
멍멍한 가슴 위를 동동 깨금발로 건너뛰면
어슬어슬 찾아드는 한숨 같은 울음결,
눈 흘깃 쳐다보고 달빛 몇 올 허공에 걸어 놓고
돌음길로 돌아 돌아오는 외진 오솔길
바들거리는 두 손 안으로 안으로 곱아 쥐고
초가집의 녹슨 문패마다

꽁꽁 두드리는 얼룩진 마음같이
저녁이다, 누이야, 어스름졌어

헝크러진 새벽잠을 부엌에 부리고 나와
구겨진 하늘을 멀거니 올려다보는 누이야
껍질만 수부룩한 아쉬움 한 사발
문지방에 덜렁 떠 놓아 두고
핑 돌아서 가는 누이야
젖내 나는 길을 가다 말고
바람 속 거품 같은 아이의 울음소리로
찔끔찔끔 옷을 추스르는 누이야, 누이야
추억으로 물들어 가는
솔내음 짙은 황톳길 위,
발자국마다 묻어나는 목마름의 빛깔들처럼
서투른 몸짓으로
언덕길을 오르고 또 오르는 누이야

이제
쓸리는 계절의 들 끝을 돌아 나와
정갈한 마음깃을 세우고 서서
살아 있는 눈빛으로 살아가는 누이야
벙근 기억의 외짝문에 바짝 기대어 서 있는
아침 햇살처럼 늘 그렇게 살아 있는 누이야 누이야.

박덕은 作 [누이야](2014)

강 · 1

갈이 가고 싶어
같이 걷는다
백로 두 마리도
날다가 걷는다
물살도 걷는다
물풀도 걷는다

달빛 타고 내려온
세월도 걷는다
별빛 머금은
추억도 걷는다

한번쯤
주저앉고 싶지만
흐름은
휴식을 허용하지 않는다

용서도
흐름 속에서
용해되며 걷는다

꿈결까지도
회상의 손끝을 잡고
걷는다

모처럼
화해하는 가슴조차
아낌없이 맨발로
걷는다

물결 소리
마음껏 마시며
눈물도 마시며
묵묵히 걷는다

다시는
손때 묻은 과거에
안주하지 않기 위해
오늘도
부단히 걷는다.

박덕은 作 [강 · 1](2014)

강 · 2

는개
내리는 날

하염없이
울었다

물풀들이
윤기 다 잃을 때까지

울고 또 울고
울었다

물고기들도
톡톡 물결 위로
입을 내밀어
같이 울어 주었다

무엇 때문이었을까
기억이 나지 않는다

왜 울었을까
도무지 모르겠다

내 핏속을 흐르는
상념과 추억은
영영 가 버린 걸까

왜 떠오르지 않을까
그토록 서럽게 울었던 이유가
왜 떠오르지 않을까.

박덕은 作 [강 · 2](2014)

강 · 3

믿고 싶어
간절히

믿고 싶어
애타게

믿고 싶어
언제든

믿고 싶어
그 고백

믿고 싶어
순결히

믿고 싶어
하염없이

믿고 싶어
영원히

믿고 싶어
너만을

믿고 싶어
오늘도

믿고 싶어
여전히

믿고 싶어
어제처럼

믿고 싶어
다시 한번

믿고 싶어
나쁜 너.

박덕은 作 [강 · 3](2014)

강 · 4

잠들 수 없을 때
눈을 뜬다

비린내로
가득했던 시절

엄마의 눈빛마저
윤기를 잃어

물길은 흙담을
사정없이 후비고 지나갔다

어디라도
눈 돌릴 곳 없어

골목길의 쓸쓸함만
허망히 긁어모으던 날

아비는 떠났다
야멸차게 떠나 버렸다

그 후로
다져지고 다져진 바닥

오늘도 무서운
속도로 물길은 흐른다

아린 가슴팍만 골라
훑으며 흐른다.

박덕은 作 [강 · 4](2014)

강 · 5

아니다
하면서
다시 멍하니
앉아만 있다

이건 아니다
그러면서
다시 하루를
앉아서만 보내고 있다

바라봐도
제자리
또 바라봐도
그 자리

다만
철새 몇 마리
비행하는 그림만
바뀔 뿐

오늘도
멈춘 듯
제자리
묵묵히
그 자리.

박덕은 作 [강 · 5](2014)

강 · 6

지우개로
지울 수 없어
그대로 있을 뿐

지울 수 있다면
다
지우고 싶어

푸름도 지우고
물길도 지우고
물풀들도 지우고

지울 수 있다면
다
지우고 싶어

철새들도 지우고
물고기들도 지우고
물결들도 지우고

지울 수 있다면
다
지우고 싶어

추억도 지우고
고백도 지우고
사랑도 지우고

지울 수 있다면
다
지우고 싶어.

박덕은 作 [강 · 6](2014)

강 · 7

노래방 안에서
여인들은
모두 물고기가 되었다

시간이 흐를수록
빠끔거리는 게 아니라
아예 물 밖으로
솟구쳐 나왔다

恨까지 바닥으로
기어 나와
격렬한 리듬을 탔다

높은음은
높은음대로
거친 음은
거친 음대로
각자
자리를 잡았다,
천정과 바닥과

벽 사이를 오가며

자정이 넘도록
맺힌 가슴 안에서
홍수가 일렁였다

더이상
둑이 견디지 못해
허물어지기 시작했다

몇은 가고
몇몇 회한만 남아
널브러진 물풀들을
추스리고 있었다

밤하늘은
아무렇지 않은 듯한 표정으로
흐느적거리며 마지못해
거리를 나서는 물고기들을
내려다보고 있었다.

박덕은 作 [강 · 7](2014)

강 · 8

누워 있을수록
아픈 곳이
많다

머리는
으깨지는 듯
아리고

가슴은
답답하다 못해
터질 듯하다

견딜 수 없어
벌떡 일어나
달리기를 해본다

선풍기 바람 타고
달리는 시간
내내
울먹거렸다

무한히 뻗은
상상의 길
그 위로
장마가 졌다

남실거리는
눈물의 물살로
온 천지가
몸살을 앓았다

물결은
길을 잃고
마침내
심장 안으로
홀린 듯 빨려들었다.

박덕은 作 [강 · 8](2014)

오늘은

하늘과 땅
그 사이에
구멍을 뚫어

가장 은밀한
비밀 통로를 하나
만들고 싶어

외로울 때는
그 속으로 달려
그대를 만나고

기쁠 때는
달빛이랑 함께
달음박질치고

그리울 때
별빛 휘감고
미끄럼놀이를 하는

동굴 같은
통로를 하나
갖고 싶어

행복으로도 가고
환희로도 가고
꿈길로도 가는

우주에
단 하나밖에 없는
어디로나 통하는
통로를 하나

그대와 나
사이에
열어놓고 싶어.

박덕은 作 [비밀 통로](2014)

어떤 편지

손대지 말아요
그 어느 것 하나
흩트리지 말아요

먼지까지도
추억이랑
거미줄까지도

그대로 놔 둬요
망가뜨리지 말아요

사는 동안
간직하고 싶어요

죽기 전까지
원형 그대로
보존하고 싶어요

산천이 변해도
세포가 변해도
운명이 변해도

놀라지 않아요
무섭지 않아요

모든 게 다
변해도 상관없어요

내 가슴에 아로새겨진
사랑을 소중히 여기듯

그 사랑과 연관된
모든 흔적들과 추억들을
온전히 간직하고 싶어요

손대지 말아요
그대로 놔 둬요
그 어느 것 하나
건드리지 말아요.

박덕은 作 [산천이 변해도](2014)

이것만은 아셔야 해요

그토록 토해냈으면서
아직도 할 말이
남았냐는 소리
뱉지 마세요

아직
그리움의 겉봉을
뜯지도 않았어요

그 주위를
감싸고 있는 포장지만
겨우 뜯었을 뿐이죠

본격적인
할 말은
지금부터예요

한강보다 더
황하보다 더
많은 양의 독백이

철철 흐르고 있거든요

이미
바다로 흘려보내 버린
사연도 많아요

그것까지 찾아와
와락 토해낸다면
아마도 지구는
홍수로 범람하고 말 거예요

무슨 할 말이
그리 많냐고
절대 말하지 마세요

박덕은 作 [독백](2014)

안개

너는 갓 태어난 향수의 날갯짓,
스멀스멀 물보라 속을 꿰어 가다가
돌팔매질 당한 새처럼 가슴 두근거리며
하늘로 하늘로 날아오른다

희살짓는 바람 소리가 몰려가듯
식은땀 탁한 빛깔로 묻혀 가다가,
묵묵히 낡은 외투자락을 벗기듯
앙상한 추억들이 사라지면서
햇살이 물 흐르듯
갈라진 목청을 푼다

오랜 망설임의 골방을 휘어 돌아 나서듯,
산자락을 그늘로 적시면서,
빈혈 같은 맥박을 흔들어 달싹이듯
허울 벗은 여울물소리 되어
숨가쁘게 시간의 빈자리를
휩쓸고 지나간다

갈증들도 때마침 무더기로 돌아나고

부끄러운 과거의 앙금들도
산자락에 자꾸만 묻어 내린다

침묵이 흐르고 말면 그뿐,
아무에게도 말할 수 없는 자리
때에 절은 일상을 휘어 감고 살 듯
물오른 꽃송일 바라보다가
칡덩굴로 얽어 핀 꽃송일 마주보다가
천 갈래 만 갈래로 찢어 읽어 핀 꽃송일 노려보다가

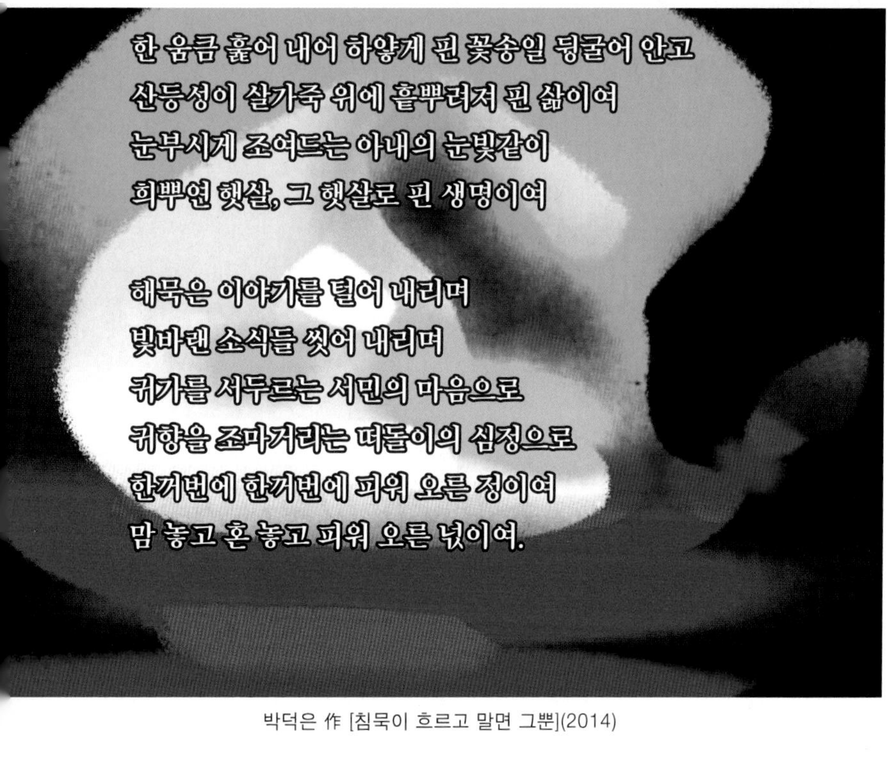

한 움큼 훑어 내어 하얗게 핀 꽃송일 뒹굴어 안고
산등성이 살가죽 위에 흩뿌려져 핀 삶이여
눈부시게 조여드는 아내의 눈빛같이
희뿌연 햇살, 그 햇살로 핀 생명이여

해묵은 이야기를 털어 내리며
빛바랜 소식들 씻어 내리며
귀가를 서두르는 서민의 마음으로
귀향을 조마거리는 떠돌이의 심정으로
한꺼번에 한꺼번에 피워 오른 정이여
맘 놓고 혼 놓고 피워 오른 넋이여.

박덕은 作 [침묵이 흐르고 말면 그뿐](2014)

차이

간다면
간단해

전화 한 통이면
되잖아

돌아온다 해도
간단해

문자 한 통이면
되잖아

넌
좋겠다

맘대로
자신을 조절할 수 있으니

난
안 돼

추억도 그대로
사랑도 그대로

도저히
손댈 수 없어
심지어
같이 걷던 오솔길도
함께했던 웃음들도

다
그대로야

신경쓰지 마
그냥 가

눈물 속에
수채화 그리듯

아름답게 가
되도록 멀리 가.

박덕은 作 [눈물의 수채화](2014)

지푸라기 · 1

날고 싶다 말했다
날개 퍼득이며
태양 속도 바다 속도
끼득끼득 소리를 내며
날고 싶다 말했다
끝내는 돌아와
진흙탕 속에서나
쓸개 없는 먼지로
던져져 죽을지라도
나는야 부득불
날고 싶다 말했다.

박덕은 作 [지푸라기 · 1](2014)

지푸라기 · 2

원죄를 먹고
본성을 먹고

또 아름다움을 먹고
또 추악함을 먹고

더불어 정직을 먹고
더불어 부정을 먹고

요 모양 이 꼴이
되었다, 어쩔래.

박덕은 作 [지푸라기 · 2](2014)

지푸라기 · 3

유배지에서도 감옥살이에서도
한사코 잊지 못했다, 이 사람아
어둠이 삭아 엿가락처럼 녹아 흐른다 해도, 이 사람아

비석 없는 무덤 앞에서 그 위에서
입술 없는 시체 옆에서 그 뒤에서
어허 숨을 것 없다 고개를 들게나, 이 사람아

누가 남아 있으랬나, 이 사람아
그렇게 거친 계절의 바람을 등지고
누가 몰골사납게 살아남아 있으랬나, 이 사람아.

박덕은 作 [지푸라기 · 3](2014)

지푸라기 · 4

풀씨는 남이나 북이나
가리지 않고 자유롭게
드나들 수 있단다, 애야
첩첩산중 절벽 위에서도
보란 듯이 야무지게
뿌리내릴 수 있단다, 애야
먹구름 안개구름 아래서도
무서워하지 않고 당당히
살아갈 수 있단다, 애야.

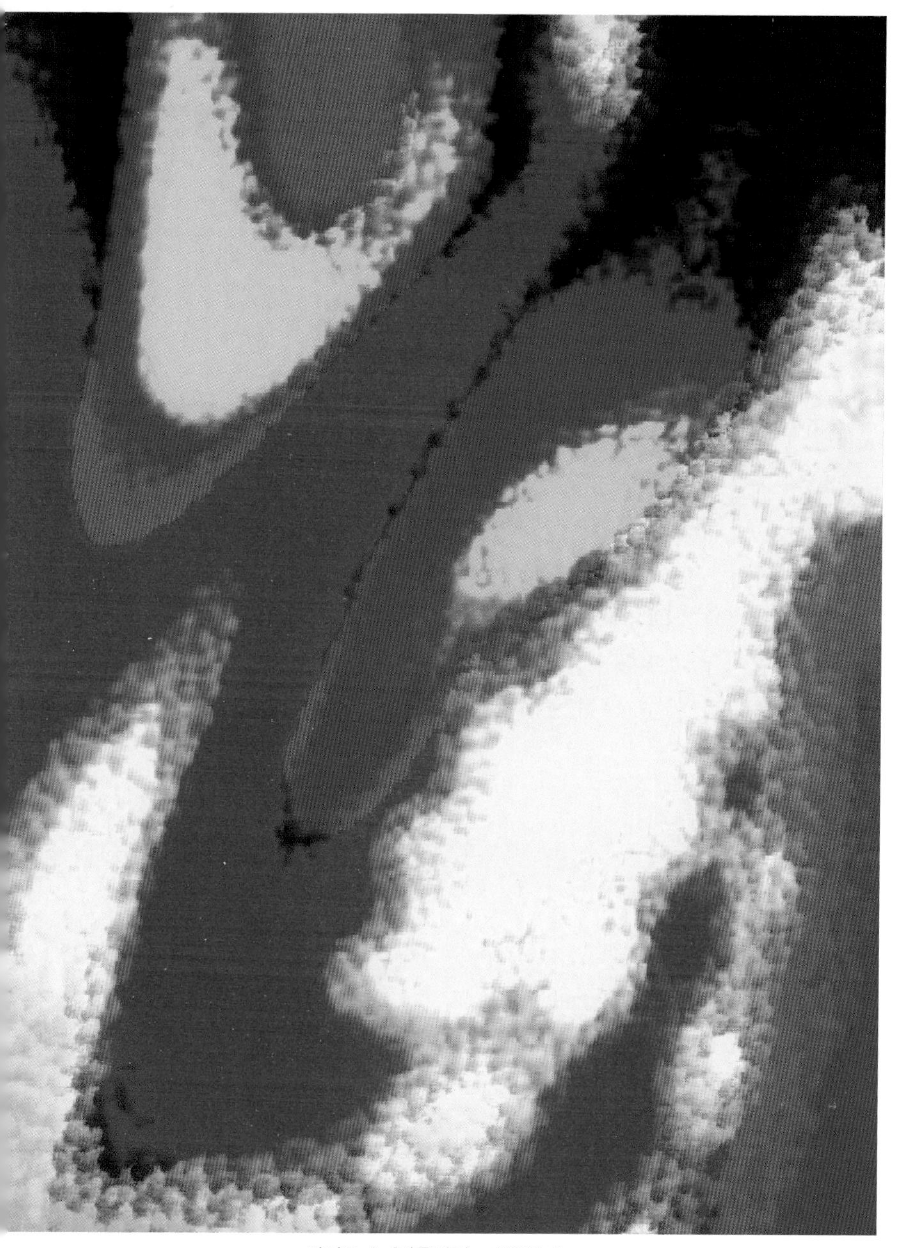

박덕은 作 [지푸라기 · 4](2014)

지푸라기 · 5

38선에 등불을 켜라
허리의 상처를 확인하기 위해서
목에 박힌 기다림의 가시를 빼내기 위해서

목이 쉬도록 안타까운 땅
막걸리 몇 잔에도 흐느끼는 땅
강강수월래의 혼만 나부끼는 땅

마음 맞는 동지들 다 어디 갔을꼬
기어코 찾아야 한다 그래야 한다
잔말 말고 어서 철책선에 등불을 켜라.

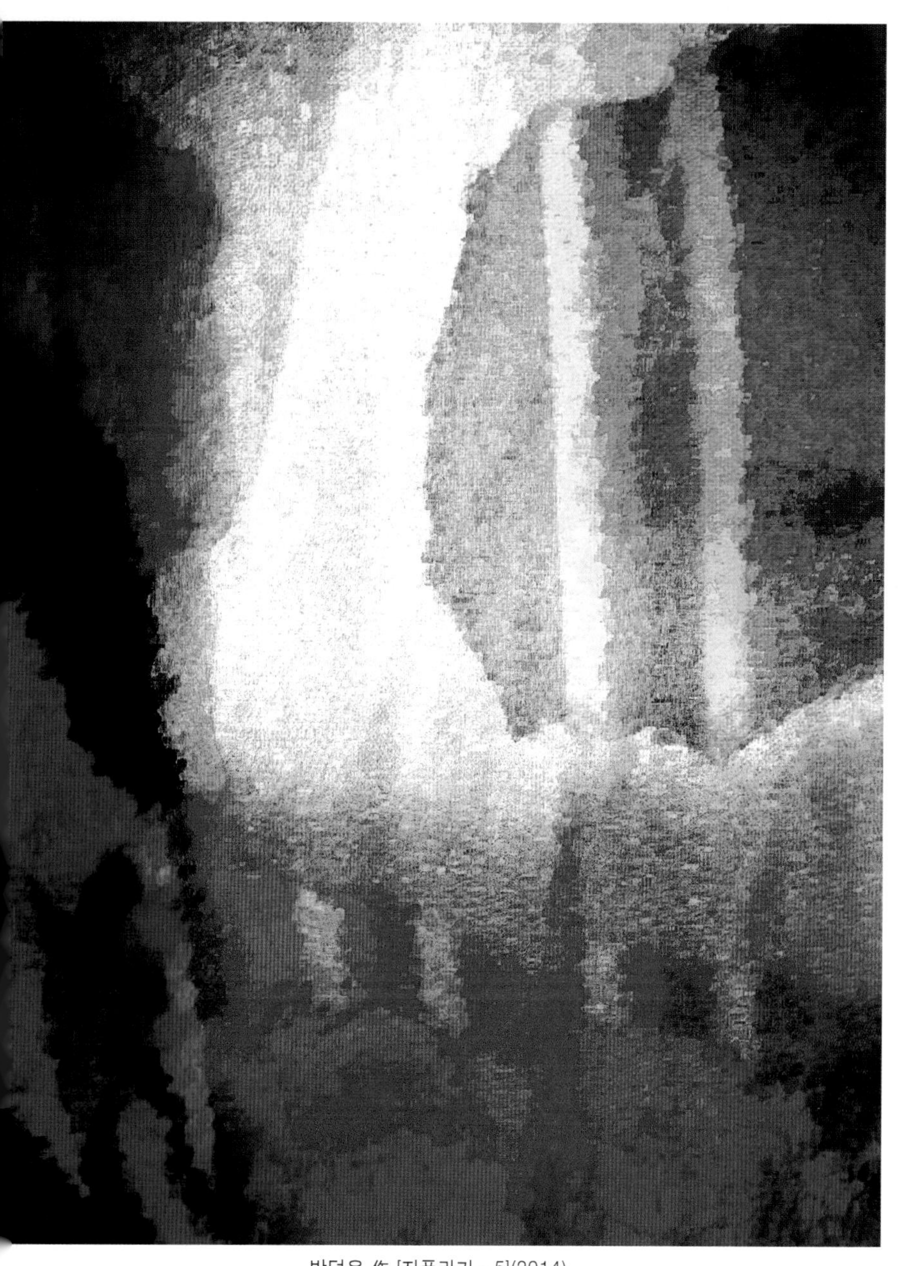

박덕은 作 [지푸라기 · 5](2014)

홀로여서 · 1

허리가
아프다

깨어날 때마다
시큰시큰

눈물이
손등을 적실 때도

한숨이
귀 뒤를 돌아
창틈으로 나갈 때도

한밤중에
와이셔츠를 빨아 널 때도

식은밥을
식은 김치찌개에
말아 먹을 때도

허리가
아프다

알 수 없는
된바람이 스며들어

뼈마디 마디까지
하얗게 아프다.

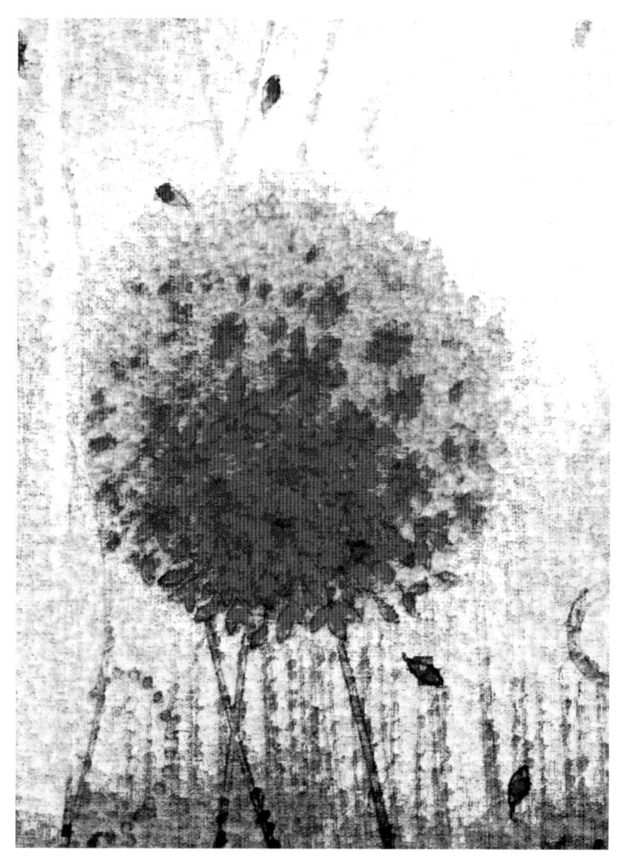

박덕은 作 [홀로 · 1](2014)

홀로여서 · 2

손톱이
길 때마다

귓밥을 파주던
시절이 떠올라

뒤란 장독엔
채송화 가득

싸리 울타리엔
나팔꽃 가득

너른 마당엔
닭, 오리
소란함 가득

모든 게
풍요로웠던
시절

거기서
뒤로
밀려날수록

어쩐지
쓸쓸함만 가득
손톱이 길 때마다
눈물 안에
애처로움만 가득.

박덕은 作 [홀로 · 2](2014)

홀로여서 · 3

돌지 않고
돌아가지 않고

진실 속으로
곧바로
들어갈 수 있어

안개가
밀려올 때도

오솔길을
무작정 걸을 때도

그리움 속으로
풍덩
들어갈 수가 있어

두 손으로 막아도
온몸으로 막아도
소용없어

막으면 막을수록
더 빨리
들어갈 수 있어

날카로움보다도
더 시리게

외로움보다도
더 아리게

허무의 바닷속으로
들어갈 수 있어.

박덕은 作 [홀로 · 3](2014)

제4장
노을이 더 익기 전에

박덕은 作 [그리움처럼](2014)

맥脈 · 1

토끼풀밭을 건너오는
아침 햇살 따라 혼자서
아저씨네 온상에 가 보았다

미신으로 찌든 표정과
웅크린 어깻살 너머
솟구치는 흙의 헛구역질
어디선지 연이어
날아드는 실안개의 숨결로
온상 안은 갑자기 수런대기 시작했다

전쟁터에서 배운 침묵과
홀아비의 습관된 환부에서
오랜만에 피어나는 정담
어느새 그 틈새로
벌겋게 달아오르는 외로움
더불어 낮게 깔려
회생하는 햇발이
기억 속에 휘말리는 실바람 되어
온상 안을 온통 잔물결로 채워 놓았다

아저씨는 뒤돌아봄도 없이
떠나간 아내의 젖가슴인 양
흙두덩을 더듬거리며
아침 내내
끈끈한 고통 조각들을 애써 주워 모으고 있었다.

박덕은 作 [아저씨](2014)

맥脈 · 2

멀리서도 아닌 듯
가까이서도 아닌 듯
평원 위
쓸리는 떼울음으로
그녀는 부서지고 있었다

이슬빛도 없이
젖내음도 없이
그을린 생활 그 틈새에서
누군가의 손짓으로
문득문득 부서지고 있었다
꿈길 건너 저편,
흐느끼는 전율 속에서
새벽하늘 별빛처럼
희멀겋게 부서지고 있었다

정처 없는 안개마냥
깔깔한 입덧으로 배회하다가
이제 그만 천길 아픔 속으로
그녀는
해뜻해뜻 부서져 내리고 있었다.

박덕은 作 [꿈길 건너 저편](2014)

그리움

넌 어디서
사붓사붓 왔는가
고만고만한 돌소리 숨소리 데리고
아지랑이처럼 어디서 왔는가
침묵의 어깨를 흔들어 깨워
타오르는 가슴속 불꽃처럼
넌 어디서 왔는가
먹구름자락 거세게 끌어당겨 흠뻑 젖은
외로움이 채 마르기도 전에
연기처럼 스멀스멀 어디서 왔는가
차디찬 흐느낌 몸짓으로 씹으며
수억만 년 눈발 헤치며 주소도 없이 찾아 걸어온
시린 발자국처럼 어디서 왔는가
꿈결 굽이굽이 눈부신 음계를 절절절 남기고
울 너머 억새풀 시간 저켠에서 뒷모습으로
슬금슬금 기어오르는 노을처럼
넌 정말 어디서 왔는가.

박덕은 作 [그리움](2014)

거시기 · 1

잃어버린 풀꽃들의 순결
오늘은 기어코 찾아야 하네

산모롱이 빗줄기 거슬러
억새풀 하늘 떳떳이 향하고
호남벌 바람 거슬러
진창 빈 들 태연히 버티고 서서
산돌갗 반골 인생으로
곱사춤 반월 어깨춤으로
뚝심 함성 타는 듯이 받쳐 들고
잿빛 절규 보란 듯이 부여잡고
에헤에헤
덜미 잡힌 토종닭 꼬꼬댁 소리에 사무쳐

풀꽃들의 잃어버린 순결
오늘은 기어코 되찾아야 하네.

박덕은 作 [순결](2014)

거시기 · 2

그대 눈뜨고 돌아오자마자
나의 갇혀진 세월
물감처럼 넉넉히 풀어
드들강에 띄우리

이대로 놓아 둘 수도 없고
그대로 버려 둘 수도 없는
우리들의 앙탈과 초조의 벽,
그 사이에서 나의 늘어진 모가지로
하염없는 키를 재고
나의 보타진 가슴으로
끈적한 너비를 재고 난 뒤에

나의 쇠잔한 세월
물감처럼 넉넉히 풀어
드들강에 띄우리,
그대 눈뜨고 돌아오자마자.

박덕은 作 [물감처럼](2014)

거시기 · 3

잘 아는 학생들이
잘 아는 교문 앞에서
잘 아는 언어와 목소리로
잘 아는 대화를 파먹기도 하고
잘 아는 눈빛과 표정으로
잘 아는 마음을 짓이기기도 하고
잘 아는 눈물과 재채기와 목울음으로
잘 아는 시간을 긁적거리기도 하다가
잘 아는 인사말을 성급히 흩뿌리며
잘 아는 세상 밭이랑을 찾아
잘 아는 발자국을 어지럽게 남기면서
잘 아는 뒷모습으로 억울하게 사라져 갔다.

박덕은 作 [잘 아는](2014)

거시기 · 4

안타깝이들끼리 모여서
금붕어입 같은 주둥아리로 토론하다가
예상대로 회의에 빠졌다 하더군요
보호된 영역,
아, 그것은 그들만의 보호된 영역

경험은 거짓 이데올로기를 머리에 인 채
불신은 거짓 표정 속에 알몸을 숨긴 채
언약은 촛병마개로 입을 틀어막은 채
서로의 과거를 되도록 빨리 잊어버리고자 애쓰며
서로를 도깨비처럼 두려워하며
서로를 똥개처럼 업신여긴 채
금붕어입 같은 주둥아리로 연일 토론을 낳고
또다시 토론이 빈 껍질의 토론을 낳아 가다가
예정대로 서로의 심장을 갉아먹는
쥐새끼 같은 회의에 몽땅 빠졌다 하더군요

아, 그것은 그들만의 보호된 영역,
군중의 아우성으로부터 매우 슬프게 보호된 영역.

박덕은 作 [보호된 영역](2014)

거시기 · 5

행랑채에 입맛을 두고
쓴맛 떫은맛 다시며
홍두깨흙처럼
잘근잘근 살아온
행랑것들

행랑아범은 얌전한 행랑어멈을 얻고
행랑부부는 순한 행랑것들을 낳고

잠방이에 대님 치듯
속트림을 삼키며
긴발톱할미새처럼
잘쏙잘쏙 살아온
행랑것들

행랑것들은 순종 잘하는 행랑아이들을 낳고
행랑아이들은 입을 봉하고 나는 세월을 낳고.

박덕은 作 [행랑어멈](2014)

케노시스 · 1

어느 날 당신은
꽃병에 꽂힌 한 다발의 들꽃으로 찾아오셨습니다
거기엔
당신의 속엣말들이 화알짝 꽃피워 있었습니다
당신의 과거는 노랑빛으로
당신의 현재는 빨강빛으로
당신의 미래는 하양빛으로
다투다시피 속엣말을 서로 나눠먹으며
나의 과거와 현재와 미래를 서로 주고받으며,
당신의 꽃들은
바로 나의 눈앞에 화알짝 꽃피워 있었습니다
그러나 참 이상한 일입니다
살아오는 동안
당신을 한 순간도 잊어본 적이 없음을
나보다 당신이 더 잘 알겠습니다만
이 순간 나는 당신을 잘 몰라보겠습니다
오늘의 당신은
내게 너무 낯설고 너무 생경해 보이기 때문입니다
어느새 나는
이토록 때가 끼고 이토록 늙었단 말입니까

그토록 그리워하던 당신 앞에서
나는 왜 이리 깡마르게 서서 있어야만 한단 말입니까
정말 이상한 일입니다
이건 아마도 날씨 탓이거나
어쩜 너무 반가운 탓일 겝니다
당신을 너무 오랜만에 만나 뵌 탓일 겝니다
당신과 내가 온전히 하나되지 못한 탓일 겝니다.

박덕은 作 [어느 날 당신은](2014)

케노시스 · 2

당신은 하늘,
나는 산바람

봄 한때
사랑을 움틔우는
밑거름으로 살다가

여름 내내
비바람에 발효되어
당신의 숨결로 살다가

가을 되자
첫사랑을 들쳐업고
파아란 발걸음으로
산기슭을 걸어 올라가는

나는 산바람,
몸뚱이뿐인 산바람

당신은

눈, 입, 코, 귀가 달린
하늘.

박덕은 作 [첫사랑](2014)

노을이 더 익기 전에

노을이 더 익기 전에
과거의 사랑에 새 사랑을 보태야겠고

노을이 더 익기 전에
까다로운 생활에 새 망각을 버물려야겠고

노을이 더 익기 전에
다급한 일에 새 평온을 얹어야겠고

노을이 더 익기 전에
걱정스런 세월에 새 울타리를 쳐야겠고

노을이 더 익기 전에
지체 없이 맨발로 남은 계절을 뛰어야겠고.

박덕은 作 [노을이 더 익기 전에](2014)

가장 중요한 일

소낙비 막 지나간 날에
우리가 해야 할 가장 중요한 일은
우리 가슴에 고인 흙탕물을
차분히 가라앉히는 것입니다.

폭풍이 거칠게 휩쓸고 지나간 날에
우리가 해야 할 가장 중요한 일은
우리 뜨락에 그려진 환란의 그림을
묵묵히 판화로 찍어내는 것입니다.

눈보라가 어지럽게 설치고 간 날에
우리가 해야 할 가장 중요한 일은
우리 운명에 산만하게 널려진 우연들을
조용히 받아들이는 것입니다.

박덕은 作 [소낙비 막 지나간 날에](2014)

당신을 만나기 전의 내 인생은

많은 시간을
아끼며 어려워하며
매양 안타까워하며
그렇게 살아온 날들
그 사이
잃고 흘려 버린 것들

다 잃고 남은 건
생각해 보니
당신뿐,
그렇군요
당신의 사랑뿐,

그리하여
얻은 깨달음 한 점,
당신을 만나기 전의 제 인생은
그저 낭비였다는 거죠
맞아요
그건 그래요.

박덕은 作 [당신뿐](2014)

당신의 미래 속엔

긴 나뭇가지 위에서
저는 당신께 소리쳤어요
지금 당장 당신의 미래로
뛰어들겠다고요,
제가 살아 있는 한
이 열정 또한 식지 않을 거라고요

작별 후
한 모금의 추억도 차마 아끼면서
온몸으로 처절하게 당신을 그리워하면서
하염없이 당신의 미래 속을 헤엄쳐 왔어요

아직도 확실한 것은
오직 창문가의 저 빈 나뭇가지일 뿐,
아직껏 당신의 미래 속엔
당신에의 제 사랑 외엔 아무것도 없어야 해요,
당신은 그 점 하나만은 명심해야 해요.

박덕은 作 [당신의 미래 속](2014)

병원에서 당신을 기다리며

소독 냄새보다도 먼저
당신의 표정을 읽었습니다
당신은 잡은 손을 마지못해 놓으며
진찰실로 들어갔습니다
그 눈길을 차마 내게서 떼지 못한 채

당신의 몸 구석구석이
초음파의 화면으로
대기실의 표정 없는 이들에게
비춰졌습니다
얼빠진 공기를 몰아내고
나는 숨가쁘게 화면을 읽었습니다
도통 알 수 없는 숱한 흐릿한 영상들

내 가슴을 스쳐 지나가는
아픈 숨결들처럼
화면도 휘휘 스쳐 지나갑니다
가다가 멈추는 화면이
느닷없이 불화살을 쏩니다

나는 딱딱한 나무 의자 위에 쓰러져
긴 시간 동안 침묵의 무덤을 팝니다
혼자서 떠도는 한 마리 쓸쓸한 영혼이 되어
화면 속을 뚫고 날아갑니다

아무도 없습니다
텅 비어 있는 들판이 더욱 허합니다
다시 돌아옵니다
화면의 끝이 더욱 흐릿합니다

힘껏 화면에서 뛰쳐나왔을 때
당신은 진찰실 문을 열고
모습을 보였습니다
핼쓱한 모습이 오늘따라 더욱 순수합니다
와락 달려들어
소독 냄새보다도 더 빨리
당신의 한숨을 가로채고는
이렇게 말합니다

"자, 어서 가서 설렁탕이라도
한 그릇 듭시다, 우리 둘이서"
당신은 대답 대신 내 손등에
너무도 조용한 키스를 해 줍니다
오늘따라 당신은 더욱 맑습니다.

박덕은 作 [당신을 기다리며](2014)

나와 당신과 봄

하늘이
열리고
땅이
웃고
그래서
나와 당신이
살아 있고
살아 있음에
눈물겹고
눈물 아래
꽃이 피어나니
오호 봄이로구나.

박덕은 作 [봄](2014)

그릇 하나

여기 그릇 하나 놓여 있습니다
빨갛고 하얀 무늬가 향그럽습니다
긴긴밤 하늘의 별빛이 찾아와
소록소록 옛 얘기를 쌓아 놓습니다
옛 얘기는 자라나 팔을 뻗습니다
울컥 치밀어 오르는 정이 감싸줍니다
어디선지 예쁜 노래가 솔솔 흘러듭니다
황홀한 꿈자락이 너울너울 춤을 춥니다
올 손님은 다 와서 웃고 떠들며 놉니다
그럼에도 텅 빈 그릇은 웬일입니까
당신의 세월이 저 멀리서 손짓합니다
애타는 시간이 온몸을 배배 꼬며 돕니다
기다림은 이 시간도 목마름만 핥아댑니다
여기 그릇 하나 쓸쓸이 살아갑니다
하루를 천년같이 천년을 하루같이
마비된 몸 안에서 빈자리 하나 남겨 놓고
외로운 과부처럼 묵묵히 살아갑니다.

박덕은 作 [목마름](2014)

보이지 않게

보이지 않게
당신 곁에 남아 있겠습니다
가능한 한 보이지 않게
당신을 바라보며 살겠습니다

파도가
슬픔의 그림을 그리다가
커다란 원을 세 개나 그렸습니다
흰 웃음으로 부서지는
거품의 그림을 소리소리 그렸습니다

당신이 서 있던 곳
그저 저만치서 바람이 불어옵니다
쓸쓸히 갈매기 울음소리 타고 불어옵니다
어디선가 아침 이슬방울이 굴러내립니다
그저 저만치서 느낌으로만 바라봅니다

휘감긴 그날의 모든 시간으로 마냥 서서
보이지 않게 살아가고 싶습니다
멀리서든 가까이서든

그저 보이지 않게 비켜서서 살아가고 싶습니다

언제든 떠날 준비는 되어 있습니다
당신의 발자국이 파도에 지워질 때마다
애달픈 눈길로 그 위에 무너지겠습니다
그저 보이지 않게
이대로가 좋습니다
자유로우면서도 붙들려 있어 좋습니다
떠나 있으면서도 가까이 있어 좋습니다
소유하지 않으면서도 소유할 수 있어 좋습니다

오늘도 바람을 배웁니다
보이지 않게 다가가서
그 바람자락으로 말하는 법을 배웁니다
당신의 옷깃을 붙들고 안기는 법도 배웁니다

영원히
보이지 않게
당신 곁에 있겠습니다
전혀 외롭지 않도록
결코 슬프지 않도록
당신과 함께 묻히는 그날까지
묵묵히 견디겠습니다.

박덕은 作 [당신의 곁](2014)

꼭

불타는 눈길 속으로
들어가
당장 알고 싶어

어디까지
가려는지

도대체
얼마만큼
더 가야 하는지

속 깊이
알고 싶어

어느 만큼
진심을
바쳐야 하는지

무엇부터
버려야 하는지

모조리
알고 싶어

그대를
얻기 위해서라면
목숨까지 바치고 싶어

그대와
하나되기 위해서라면
영혼까지 팔고 싶어

왜
여태
날 선택하지 않는지

송두리째
알고 싶어.

박덕은 作 [속 깊이](2014)

부탁이에요

나팔꽃 안에서
과거를 뽑아 맛봅니다
당신은 거기서
과거를 길어 올리고 있더군요
다소 짭조름하면서도
결코 가볍지 않은 미소까지

그럴 수밖에 없다고
여기고 있어요
숱한 사연들 속에서도
한 번도 곁눈질하지 않고
올곧게 살아온 당신
왜 모르겠어요

지금이라도 늦지 않았어요
옛사랑은 이제 그만 접고
가세요
우물을 돌아 펑펑펑
추억이 샘솟는 그 자리를 지나
성큼성큼 가세요,

이제는 제발
다시는 돌아오지 마세요
살갑게 돌아보지도 마세요
나팔꽃 흐드러지게 피었다고
핑계대며 뒤돌아서서
눈길 내밀지도 마세요.

박덕은 作 [이제는 제발](2014)

그냥 가요

님이여, 잘 가요 멀리 가요
다시는 나를 돌아보지 말아요
내 가슴은 그다지 넓지도 고요하지도 않아요
외로워 자주 울기도 하고,
비바람에 자꾸 출렁이기도 해요
그러니, 파문을 던지지 말아요
가려거든, 그냥 가요 멀리 가요
더이상 날 건드리지 말고 조용히 가요
그리고 다시는 희망을 주지 말아요
갔다가 멀리 갔다가 슬그머니 돌아와
나의 창문을 두드리지 말아요
얌전히 보내드릴 때 가요
그냥 가요 멀리 가요
나의 마지막 인내가 폭발하지 않도록
가만히 가요,
제발,
님이여,
사랑이여,
그냥 가요,
멀리 가요,
부디.

박덕은 作 [이별](2014)

사랑 노래

손수건 선물은 이별을 의미한다 했더니
당신은 부인했죠
사랑을 준비하는 거라면서

손수건 색깔이 예뻐요,
마치 들녘의
오랜 세월 색칠한 수채화 같아요
오랜 세월 채색한 그리움 같아요

헤어져 돌아오면서 몇 번이나
손수건 냄새를 맡아 보았어요
깊숙이 스미는 태곳적 바람 냄새
정신을 혼미케 했어요

이제 겨우 만난 거겠죠
시작이 두렵다면서
수많은 인연을 돌고 돌아
짜릿짜릿 감전되듯
우리는 드디어
운명으로 만난 거겠죠.

박덕은 作 [사랑 노래](2014)

나의 소망

떨어져 있으면
그립고

만나면
떨어지기 싫고

밤이 오면
미칠 것 같아요

세상의 강물을
한데 모아

그대와 나를
잇는 운하를
어서 빨리
만들고 싶어요

세상의 빛살을
끌어 모아

그대와 나를
짓누르고 있는 어둠을
이글이글
불살라 버리고 싶어요

세상의 파도를
몽땅 가져와

그대와 나를
가로막고 있는 장애물을
으라차
일격에 무너뜨리고 싶어요.

박덕은 作 [싫어요](2014)

신비의 말

보고파
보고파
보고파

정수리에 꽂혀
진종일
휘감아 도는
말

빛깔 입힐 새도 없이
시끄럽게
지저귀고 있어

그리움
홍건히 적시도록
울고 있어

그래도
소용없어

영혼까지 범람하여
참담한 모습으로
전율하는
말

보고파
보고파
보고파.

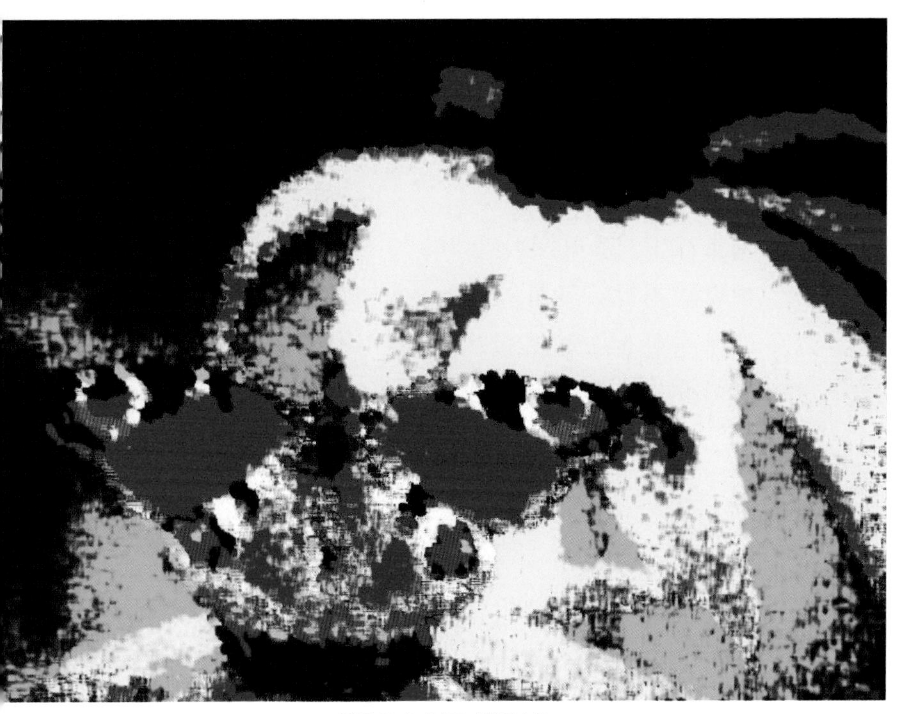

박덕은 作 [보고파](2014)

어딜 갈까요

제트기가 빠르게 날아갑니다
어디를 저리도 급히 갈까요
아담한 제비집도 여기 있고
귀여운 아지랑이도 여기 있는데

제트기가 으스대며 날아갑니다
어디를 저리도 급히 갈까요
우람한 당산나무도 여기 있고
인자한 추억들도 여기 있는데

제트기가 서둘러 날아갑니다
어디를 저리도 급히 갈까요
그대 향한 보고픔도 여기 있고
벙어리 그리움도 여기 다 있는데.

박덕은 作 [벙어리 그리움](2014)

〈박덕은 프로필〉

* 시인
* 소설가
* 문학 평론가
* 희곡작가
* 동화작가
* 수필가
* 사진작가(278점 전시회)
* 화가(900점 전시회)

* 전남대학교 문학석사
* 전북대학교 문학박사
* 前전남대학교 교수
* 前전남대학교 국어국문학과장
* 한실 문예창작 지도 교수
* 논술구술연구소 소장
* 문예창작연구소 소장
* 한국시연구회 이사
* 한국아동문학 동화분과위원장

* 향그런 문학회 지도 교수
* 부드런 문학회 지도 교수
* 둥그런 문학회 지도 교수
* 싱그런 문학회 지도 교수
* 포시런 문학회 지도 교수
* 멋스런 문학회 지도 교수
* 성스런 문학회 지도 교수
* 탐스런 문학회 지도 교수
* 바로 문학회 지도 교수

* [중앙일보] 신춘문예 문학평론 당선
* [전남일보](現: 광주일보) 신춘문예 동화 당선
* [창조문학신문] 신춘문예 시 당선
* [시문학] 시 추천 완료
* [문학공간] 소설 추천신인상
* [문학세계] 희곡 신인문학상
* [아동문예] 소년소설 신인문학상
* [문예사조] 수필 신인문학상
* [시와 시인] 시조 청학신인상
* [아동문학평론] 동시 신인문학상
* [아동문학] 동시 신인문학상
* [문학공간] 본상(장편소설) 수상
* 계몽사 아동문학상 수상(제11회)
* 한국 아동 문화상 수상
* 한국 아동 문예상 수상
* 아동문예작가상 수상(제10회)
* 광주 문학상 수상(제1회)
* 전라남도 문화상 수상(제35회)
* 하운 문학상 수상(제1회)

〈박덕은 문학 이론서 발간 현황〉

제1문학이론서 〈현대시창작법〉
제2문학이론서 〈현대 소설의 이론〉
제3문학이론서 〈문학연구방법론〉
제4문학이론서 〈소설의 이론〉
제5문학이론서 〈현대문학비평의 이론과 응용〉
제6문학이론서 〈문체론〉
제7문학이론서 〈문체의 이론과 한국현대소설〉
제8문학이론서 〈한국현대소설의 이론과 적용〉
제9문학이론서 〈시의 이론과 창작〉
제10문학이론서 〈해금작가작품론〉
제11문학이론서 〈디코럼 언어영역〉
제12문학이론서 〈논술 고사 정복〉
제13문학이론서 〈심층면접 구술 고사 정복〉
제14문학이론서 〈둥글파 언어영역〉
제15문학이론서 〈논술교실〉
제16문학이론서 〈꿈샘 논술〉

〈박덕은 시집 발간 현황〉

제1시집 〈바람은 시간을 털어낸다〉
제2시집 〈거시기〉
제3시집 〈무지개 학교〉
제4시집 〈케노시스〉
제5시집 〈길트기〉
제6시집 〈간힘의 비밀〉
제7시집 〈소낙비 오는 정오에〉
제8시집 〈자유人.사랑人〉
제9시집 〈나찾기〉
제10시집 〈지푸라기〉
제11시집 〈동심이 흐르는 강〉
제12시집 〈자그만 숲의 사랑 이야기〉
제13시집 〈사랑한다는 것은〉
제14시집 〈느낌표가 머무는 공간〉
제15시집 〈그대에게 소중한 사랑이 되어.1〉
제16시집 〈그대에게 소중한 사랑이 되어.2〉
제17시집 〈둥지 높은 그리움〉
제18시집 〈곶감 말리기〉
제19시집 〈사랑의 블랙홀〉
제20시집 〈나는 그대에게 늘 설레임이고 싶다〉
제21시집 〈내 가슴이 사고 쳤나 봐〉
제22시집 〈당신〉
제23시집 〈나는 매일 밤 바람과 함께 사라진다〉

〈박덕은 소설집 발간 현황〉

제1소설집 〈죽음의 키스〉
제2소설집 〈양귀비의 고백〉(풍류여인열전.1)
제3소설집 〈황진이의 고독〉(풍류여인열전.2)
제4소설집 〈일타홍의 계절〉(풍류여인열전.3)
제5소설집 〈이매창의 사랑일기〉(풍류여인열전.4)
제6소설집 〈서울아라비아나이트〉
제7소설집 〈금지된 선택〉

〈박덕은 번역서 발간 현황〉

제1번역서 〈소설의 이론〉
제2번역서 〈철학의 향기〉
제3번역서 〈사랑하는 사람 가슴에 싶어주고픈 말〉
제4번역서 〈철학자의 터진 옷소매〉
제5번역서 〈세계 반란사〉
제6번역서 〈한국 반란사〉

〈박덕은 아동문학서 발간 현황〉

제1아동문학서 〈살아있는 그림〉
제2아동문학서 〈3001년〉
제3아동문학서 〈무지개학교〉
제4아동문학서 〈동심이 흐르는 강〉
제5아동문학서 〈곶감 말리기〉
제6아동문학서 〈서울 걸리버 여행기〉 261
제7아동문학서 〈돼지의 일기〉
제8아동문학서 〈해외 신화〉
제9아동문학서 〈마녀 헤르소의 모험〉(1권)
제10아동문학서 〈마녀 헤르소의 모험〉(2권)

〈박덕은 교양서 발간 현황〉

제1교양서 〈해학의 강〉
제2교양서 〈바보 성자〉
제3교양서 〈미네르바의 부엉이는 황혼녘에 날은다〉
제4교양서 〈멋진 여자, 멋진 남자〉
제5교양서 〈우화 천국〉
제6교양서 〈나만 불행한 게 아니로군요〉
제7교양서 〈나만 행복한 게 아니로군요〉
제8교양서 〈나만 어리석은 게 아니로군요〉
제9교양서 〈행복한 바보 성자〉
제10교양서 〈느낌이 있는 꽃〉
제11교양서 〈흔들림이 있는 나무〉

제12교양서 〈사랑하는 사람 가슴에 심어주고픈 말〉
제13교양서 〈철학의 향기〉
제14교양서 〈철학가의 터진 옷소매〉
제15교양서 〈창녀에서 수녀까지,건달에서 황제까지〉
제16교양서 〈무희에서 까지,게이에서 성자까지〉
제17교양서 〈사랑의 향기〉
제18교양서 〈황제 방중술〉
제19교양서 〈우리 역사의 난〉
제20교양서 〈명작 속 명작〉
제21교양서 〈쉽고 재미있는 철학 이야기〉(1)
제22교양서 〈쉽고 재미있는 철학 이야기〉(2)
제23교양서 〈쉽고 재미있는 철학 이야기〉(3)
제24교양서 〈역사 속 역사〉
제25교양서 〈세계 반란사〉
제26교양서 〈한국 반란사〉
제27교양서 〈행복을 위한 작은 책〉
제28교양서 〈세계 명사들의 러브 스토리〉
제29교양서 〈나의 가장 소중한 사람에게〉
제30교양서 〈세계를 빛낸 과학자〉
제31교양서 〈세계를 빛낸 정치가〉
제32교양서 〈세계를 빛낸 명장〉
제33교양서 〈세계를 빛낸 탐험가〉
제34교양서 〈세계를 빛낸 미술가〉
제35교양서 〈세계를 빛낸 음악가〉
제36교양서 〈세계를 빛낸 문학가〉
제37교양서 〈세계를 빛낸 철학가〉
제38교양서 〈세계를 빛낸 사상가〉
제39교양서 〈세계를 빛낸 공연가〉
제40교양서 〈해외 신화〉
제41교양서 〈읽으면 행복한 책〉
제42교양서 〈세기의 로맨스.1〉
제43교양서 〈세기의 로맨스.2〉
제44교양서 〈세기의 로맨스.3〉
제45교양서 〈세기의 로맨스.4〉
제46교양서 〈우리 명작 50선〉
제47교양서 〈세계 명작 50선〉
제48교양서 〈이솝 우화〉(공저)
제49교양서 〈나는 화려한 물음표보다 정직한 느낌표를 만드는 사람이 더 좋다〉
제50교양서 〈신은 우리의 키스 속에도 있다〉
제51교양서 〈대학가의 해학퀴즈 모음집〉
제52교양서 〈뿡따일보〉
제53교양서 〈도토리 서 말〉
제54교양서 〈위트〉
제55교양서 〈청춘이여 생각하라〉
제56교양서 〈성공DNA - 1〉
제57교양서 〈성공DNA - 2〉

〈박덕은 건강서 발간 현황〉

제1건강서 〈비타민과 미네랄 & 떠오르는 영양소〉
제2건강서 〈내 몸에 꼭 맞는 영양 가이드〉
제3건강서 〈내 몸에 꼭 맞는 다이어트 제1권 비만 원인〉
제4건강서 〈내 몸에 꼭 맞는 다이어트 제2권 비만 탈출〉
제5건강서 〈내 몸에 꼭 맞는 항암 식품〉

이상 총 저서 125권 발간